苏童小传

苏童，原名童忠贵，1963年生于江苏苏州。他的童年伴随着"文革"运动，他身处于运动之中，又因为年幼而置身事外，这种既在其中又在其外的特殊经历对他后来的"文革"叙事有着深远影响。读小学时他患上了严重的肾炎和并发性败血症，不得不休学在家。少年时期的病痛给他留下了深刻的印象，也影响到他后来的写作。"我现在是以一个作家的身份在描绘死亡，可以说是一个惯性，但这个惯性可能与我小时候得过病有关。"

1980年，苏童考入北京师范大学中文系，开始了写作，最初主要写诗，后来写小说。写作初期，发表并不顺利。直到1983年，《飞天》和《星星》诗刊分别发表了他的一组诗(以本名童忠贵发表)，《青春》杂志发表了他的短篇小说处女作《第八个是铜像》。

1985年，苏童成为《钟山》杂志的文学编辑。1987年，发表短篇小说《桑园留念》，被他认为是个人第一部真正意义上的小说。同年，发表成名作《一九三四年的逃亡》，被认为是先锋小说的代表作，他同马原、余华、洪峰、格非被认为是先锋小说的代表人物。1989年，发表《妻妾成群》，根据小说改编的电影《大红灯笼高高挂》获威尼斯电影节银狮奖、奥斯卡最佳外语片提名奖。

1990年代后苏童的创作转向长篇小说，发表了《米》《菩萨蛮》《我的帝王生涯》《碧奴》等。

新世纪以来，苏童及其作品获得越来越多的认可。2009年《河岸》获第三届英仕曼亚洲文学奖。2010年，苏童获第八届华语文学传媒大奖年度杰出作家奖，《茨菰》获第五届鲁迅文学奖，《香草营》获《小说月报》第十四届百花奖。2015年长篇小说《黄雀记》获第八届茅盾文学奖。2017年《万用表》获第十七届百花文学奖短篇小说奖，2018年又获得第五届汪曾祺文学奖。

百年中篇小说名家经典

BAINIAN
ZHONGPIAN
XIAOSHUO
MINGJIA JING-DIAN

总主编 何向阳

本册主编 吴义勤

一九三四年的逃亡

YI JIU SAN SI NIAN DE TAO WANG

苏童 著

河南文艺出版社
·郑州·

一种文体
与一百年的民族记忆

何向阳　（丛书总主编）

自 20 世纪初,确切地说,自 1918 年 4 月以鲁迅《狂人日记》为标志的第一部白话小说的诞生伊始,新文学迄今已走过了百年的历史。百年的历史相对于古老的中国而言算不上悠久,但 20 世纪初到 21 世纪初这个一百年的文化思想的变化却是翻天覆地的,而记载这翻天覆地之巨变的,文学功莫大焉。作为一个民族的情感、思想、心灵的记录,从小处说起的小说,可能比之任何别的文体,或者其他样式的主观叙述与历史追忆,都更真切真实。将这一百年的经典小说挑选出来，放在一起，或可看到一个民族的心性的发展，而那可能被时间与事件遮盖的深层的民族心灵的密码，在这样一种系统的阅读中，也会清晰地得到揭示。

所需的仍是那份耐心。如鲁迅在近百年前对阿Q的抽丝剥茧，萧红对生死场的深观内视，这样的作家的耐心，成就了我们今天的回顾与判断，使我们——作为这一古老民族的每一个个体，都能找到那个线头，并警觉于我们的某种性格缺陷，同时也不忘我们的辉煌的来路和伟大的祖先。

来路是如此重要，以至小说除了是个人技艺的展示之外，更大一部分是它对社会人众的灵魂的素描，如果没有鲁迅，仍在阿Q精神中生活也不同程度带有阿Q相的我们，可能会失去或推迟认识自己的另一面的机会，当然，如果没有鲁迅之后的一代代作家对人的观察和省思，我们生活其中而不自知的日子也许更少苦恼但终是离麻木更近，是这些作家把先知的写下来给我们看，提示我们这是一种人生，但也还有另一种人生，不一样的，可以去尝试，可以去追寻，这是小说更重要的功能，是文学家个人通过文字传达、建构并最终必然参与到的民族思想再造的部分。

我们从这优秀者中先选取百位。他们的目光是不同的，但都是独特的。一百年，一百位作家，每位作家出版一部代表作品。百人百部百年，是今天的我们对于百年前开始的新文化运动的一份特别的纪念。

而之所以选取中篇小说这样一种文体，也是出于这个原因。

中篇小说，只是一种称谓，其篇幅介于长篇小说和短篇小说之间，长篇的体积更大，短篇好似又不足以支撑，而介于两者之间的中篇小说兼具长篇的社会学容量与短篇的技艺表达，虽然这种文体的命名只是在 20 世纪的七八十年代才明确出现，但三四十年间发展迅速，其中的优秀作品在不同时期或年份涵盖长、短篇而代表了小说甚至文学的高峰，比如路遥的《人生》、张承志的《北方的河》、莫言的《透明的红萝卜》、韩少功的《爸爸爸》、王安忆的《小鲍庄》、铁凝的《永远有多远》等等，不胜枚举。我曾在一篇言及年度小说的序文中讲到一个观点，小说是留给后来者的"考古学"，它面对的不是土层和古物，但发掘的工作更加艰巨，因为它面对的是一个民族的精神最深层的奥秘，作家这个田野考察者，交给我们的他的个人的报告，不啻是一份份关于民族心灵潜行的记录，而有一天，把这些"报告"收集起来的我们会发现，它是一份长长的报告，在报告的封面上应写着"一个民族的精神考古"。

一百年在人类历史上不过白驹过隙，何况是刚刚挣得名分的中篇小说文体——国际通用的是小说只有长、短篇之分，并无中篇的命名，而新文化运动伊始直至 70 年代早期，中篇小说的概念一直未得到强化，需要说明的是，这给我们今天的编选带来了困难，所以在新文学的现代部分以及当代部分的前半段，我们选取了篇幅较短篇稍长又不足长篇的小说，譬如鲁迅的《祝福》《孤独者》，它们的篇幅长度虽不及《阿 Q 正传》，但较之鲁迅自己的其他小说已是长的了。其他的现代时期作家的小说选取同理。所以在编选中我也曾想，命名"中篇小说名家经典"是否足以囊括，或者不如叫作"百年百人百部小说"，但如此称谓又是对短篇小说的掩埋和对长篇小说的漠视，还是点出

"中篇"为好。命名之事，本是予实之名，世间之事，也是先有实后有名，文学亦然。较之它所提供的人性含量而言，对之命名得是否妥帖则已显得不那么重要了。

值此新文化运动一百年之际，向这一百年来通过文学的表达探索民族深层精神的中国作家们致敬。因有你们的记述，这一百年留下的痕迹会有所不同。

感谢河南文艺出版社，感谢编辑们的敬业和坚持。在出版业不免受利益驱动的今天，他们的眼光和气魄有所不同。

2017 年 5 月 29 日　郑州

目录

二〇二四年的逃亡

我的父亲也许是个哑巴胎。 他的沉默寡言使我家笼罩着一层灰蒙蒙的雾障足有半个世纪。 这半个世纪里我出世成长蓬勃衰老。 父亲的枫杨树人的精血之气在我身上延续，我也许是个哑巴胎。 我也沉默寡言。 我属虎，十九岁那年我离家来到都市。 回想昔日少年时光，我多么像一只虎崽伏在父亲的屋檐下，通体幽亮发蓝，窥视家中随日月飘浮越飘越浓的雾障，雾障下生活的是我们家族残存的八位亲人。

去年冬天我站在城市的某盏路灯下研究自己的影子。 我意识到这将成为一种习惯在我身上滋生蔓延。 城市的灯光往往是雪白宁静的。 我发现我的影子很蛮横很古怪地在水泥人行道上洇开来，像一片风中芦苇，我当时被影子追踪着，双臂前扑，扶住了那盏高压氖灯的金属灯柱。 回头又研究地上的影子，我看见自己在深夜的城市里画下了一个逃亡者的像。

一种与生俱来的惶乱使我抱头逃窜。 我像父亲。 我一路奔跑经过夜色迷离的城市，父亲的影子在后面呼啸着追踪我，那是一种超于物态的静力的追踪。 我懂得，我的那次奔跑是一种逃亡。

我特别注重这类奇特的体验总与回忆有关。 我回忆起从前有许多个黄昏，父亲站在我的铁床前，一只手抚摸着我的脸，一只手按在他苍老的脑门上，回过头去凝视地上那个变幻的人影，就这样许多年过去我长到二十六岁。

你们是我的好朋友。 我告诉你们了，我是我父亲的儿子，我不叫苏童。 我有许多父亲遗传的习惯在城市里展开，就像一面白色丧旗插在你们前面。 我喜欢研究自己的影子。去年冬天我和你们一起喝了白酒后打翻一瓶红墨水，在墙上画下了我的八位亲人。 我还写了一首诗想夹在少年时代留下的历史书里。 那是一首胡言乱语口齿不清的自白诗。 诗中幻想了我的家族从前的辉煌岁月，幻想了横亘于这条血脉的黑红灾难线。 有许多种开始和结尾交替出现。 最后我痛哭失声，我把红墨水拼命地往纸上抹，抹得那首诗无法再辨别字迹。 我记得最先的几句写得异常艰难：

> 我的枫杨树老家沉没多年
>
> 我们逃亡到此
>
> 便是流浪的黑鱼
>
> 回归的路途永远迷失

你现在去推开我父亲的家门，只会看见父亲还有我的母亲，我的另外六位亲人不在家。 他们还在外面像黑鱼一般涉泥流浪。 他们还没有抵达那幢木楼房子。

我父亲喜欢干草。 他的身上一年四季散发着醇厚坚实的干草清香。 他的皮肤褶皱深处生长那种干草清香。 街上人在春秋两季总看见他担着两筐干草从郊外回来，晃晃悠悠逃入我家大门。 那些黄褐色松软可爱的干草被码成堆存放在堂屋和我住过的小房间里，父亲经常躺在草堆上面，高声咒骂我的瘦小的母亲。

我无法解释一个人对干草的依恋，正如同无法解释天理人伦。 追溯我的血缘，我们家族的故居也许就有过这种干草，我的八位亲人也许都在故居的干草堆上投胎问世，带来这种特殊的记忆。 父亲面对干草堆可以把自己变作巫师。他抓起一把干草在夕阳的余晖下凝视着便闻见已故的亲人的气息。

祖母蒋氏、祖父陈宝年、老大狗崽、小女人环子从干草的形象中脱颖而出。

但是我无缘见到那些亲人。 我说过父亲也许是个哑巴胎。

当我想知道我们全是人类生育繁衍大链环上的某个环节时，我内心充满甜蜜的忧伤，我想探究我的血流之源，我曾经纠缠着母亲打听先人的故事。 但是我母亲不知道，她不是枫杨树乡村的人。 她说："你去问他吧，等他喝酒的时候。"我父亲醉酒后异常安静，他往往在醉酒后跟母亲同床。 在那样的夜晚父亲的微红的目光悠远而神秘，他伸出胳膊箍住我的母亲，充满酒气的嘴唇贴着我的耳朵，慢慢吐出那些亲人的名字：祖母蒋氏、祖父陈宝年、老大狗崽、小女人环子。 他还反反复复地说："一九三四年。 你知道吗？"后来他又大声告诉我，一九三四年是个灾年。

一九三四年。

你知道吗？

一九三四年是个灾年。

有一段时间我的历史书上标满了一九三四这个年份。 一九三四年迸发出强壮的紫色光芒圈住我的思绪。 那是不复存在的遥远的年代，对于我也是一棵古树的年轮，我可以端坐其上，重温一九三四年的人间沧桑。 我端坐其上，首先会看见我的祖母蒋氏浮出历史。

蒋氏干瘦细长的双脚钉在一片清冷浑浊的水稻田里一动不动。 那是关于初春和农妇的画面。 蒋氏满面泥垢，双颧突出，垂下头去听腹中婴儿的声音。 她觉得自己像一座荒山，被男人砍伐后种上一棵又一棵儿女树。 她听见婴儿的声音仿佛是风吹动她，吹动一座荒山。

在我的枫杨树老家，春日来得很早，原白色的阳光随丘陵地带曲折流淌，一点点地温暖了水田里的一群长工。 祖母蒋氏是财东陈文治家独特的女长工。 女长工终日泡在陈文治家绵延十几里的水田中，插下了起码一万株稻秧。 她时刻感觉到东北坡地黑砖楼的存在，她的后背有一小片被染黑的阳光起伏跌宕。 站立在远处黑砖楼上的人影就是陈文治。 他从一架日本望远镜里望见了蒋氏。 蒋氏在那年初春就穿着红布圆肚兜，后面露出男人般瘦精精的背脊。 背脊上有一种持久的温暖的雾霭散起来，远景模糊，陈文治不停地用衣袖擦拭望远镜镜片。 女长工动作奇丽，凭借她的长胳膊长腿把秧子天马行空般插，插得赏心悦目。 陈文治惊叹于蒋氏的做田功夫，整整一个上午，他都在黑砖楼上窥视蒋氏的一举一动，苍白的刀条脸上漾满了痴迷的神色。 正午过后蒋氏走出水田，她将布褂胡乱披上肩背，手持两把滴水的秧子，在长工群中甩搭甩搭地走，她的红布肚兜有力地鼓起，即使是在望远镜里，财东陈文治也看出来蒋氏怀孕了。

我祖上的女人都极善生养。 一九三四年祖母蒋氏又一次怀孕了。 我父亲正渴望出世，而我伏在历史的另一侧洞口朝他们张望。 这就是人类的锁链披挂在我身上的形式。

我对于枫杨树乡村早年生活的想象中，总是矗立着那座黑砖楼。 黑砖楼是否存在并无意义，重要的是它已经成为一种沉默的象征，伴随祖母蒋氏出现，或者说黑砖楼只是祖母蒋氏给我的一块布景，诱发我的瑰丽的想象力。

所有见过蒋氏的陈姓遗老都告诉我，她是一个丑女人。她没有那种红布圆肚兜，她没有农妇顶起红布圆肚兜的乳房。

祖父陈宝年十八岁娶了蒋家圩这个长脚女人。 他们拜天地结亲是在正月初三。 枫杨树人聚集在陈家祠堂喝了三大锅猪油赤豆菜粥。 陈宝年也围着铁锅喝，在他焦灼难耐的等待中，一顶红竹轿徐徐而来。 陈宝年满脸猩红，摔掉粥碗欢呼："陈宝年的鸡巴有地方住啰！"所以祖母蒋氏是在枫杨树人的一阵大笑声中走出红竹轿的。 蒋氏也听见了陈宝年的欢呼。 陈宝年牵着蒋氏僵硬汗湿的手朝祠堂里走，他发现那个被红布帕蒙住脸的蒋家圩女人高过自己一头，目光下滑最后落在蒋氏的脚上，那双穿绣鞋的脚硕大结实，呈八字形茫然踩踏陈家宗祠。 陈宝年心中长出一棵灰暗的狗尾巴草，他在祖宗像前跪拜天地的时候，不时蜷起尖锐的五指，狠掐女人伸给他的手。 陈宝年做这事的时候神色平淡，侧耳细听女人的声音。

女人只是在喉咙深处发出含糊的呻吟，同时陈宝年从她身上嗅见了一种牲灵的腥味。

这是六十年前我的家族史中的一幕，至今犹应回味。 传说祖父陈宝年是婚后七日离家去城里谋生的。 陈宝年的肩上圈着两匹上好的青竹篾，摇摇晃晃走过黎明时分的枫杨树乡村。 一路上他大肆吞咽口袋里那堆煮鸡蛋，直吃到马桥镇上。

镇上一群开早市的各色手工匠人看见陈宝年急匆匆赶路，青布长裤大门洞开，露出里面印迹斑斑的花布裤头，一副不要脸的样子。 有人喊："陈宝年把你的大门关上。"陈宝年说狗捉老鼠多管闲事，大门敞开进出方便。 他把鸡蛋壳扔到人家头上，风风火火走过马桥镇。 自此马桥镇人提起陈宝年就会重温他留下的民间创作。

闩起门过的七天是昏天黑地的。 第七天门打开，婚后的蒋家圩女人站在门口朝枫杨树村子泼了一木盆水。 枫杨树女人们随后胡蜂般拥进我家祖屋，围绕蒋氏嗡嗡乱叫。 她们看见朝南的窗子被狗日的陈宝年用木板钉死了。 我家祖屋阴暗潮湿。 蒋氏坐到床沿上，眼睛很亮地睇视众人。 她身上的牲灵味道充溢了整座房子。 她惧怕谈话，很莽撞地把一件竹器夹在双膝间酝酿干活。 女人们看清楚那竹器是陈宝年编的竹老婆，大乳房的竹老婆原来是睡在床角的。 蒋氏突然对众人笑了笑，咬住厚嘴唇，从竹老婆头上抽了一根篾条来，越抽越长，竹老婆的脑袋慢慢地颓落掉在地上。 蒋氏的十指瘦筋有力，干活麻利，从一开始就给枫杨树人留下了深刻印象。

"你男人是好竹匠。 好竹匠肥裤腰，腰里铜板到处掉。"枫杨树的女人都是这样对蒋氏说的。

蒋氏坐在床上回忆陈宝年这个好竹匠。 他的手被竹刀磨成竹刀，触摸时她忍着那种割裂的疼痛，她心里想她就是一捆竹篾被陈宝年搬来砍砍弄弄的。 枫杨树的狗女人们，你们知不知道陈宝年还是个小仙人会给女人算命？ 他说枫杨树女人十年后要死光杀绝，他从蒋家圩娶来的女人将是颗灾星照耀枫杨树的历史。

陈宝年没有读过《麻衣神相》。 他对女人的相貌有着惊人的尖利的敏感，来源于某种神秘的启示和生活经验。 从前他每路遇圆脸肥臀的女人就眼泛红潮穷追不舍，兴尽方归。 陈宝年娶亲后的第一夜月光如水泻进我家祖屋，他骑在蒋氏身上俯视她的脸，不停地唉声叹气。 他的竹刀手砍伐着蒋氏沉睡的面容。 她的高耸的双颧被陈宝年的竹刀手磨出了血丝。

蒋氏总是疼醒，陈宝年的手压在脸上像个沉重的符咒沁入她身心深处。 她拼命想把他翻下去，但陈宝年端坐不动，有如巫师渐入魔境。 她看见这男人的瞳仁很深，深处一片乱云翻卷成海。 男人低沉地对她说：

"你是灾星。"

那七个深夜陈宝年重复着他的预言。

我曾经到过长江下游的旧日竹器城，沿着颓败的老城城墙寻访陈记竹器店的遗址。 这个城市如今早已没有竹篾满天满地的清香和丝丝缕缕的乡村气息。 我背驮红色帆布包站在城墙的阴影里，目光犹如垂曳而下的野葛藤缠绕着麻石路面和行人。 你们白发苍苍的老人，有谁见过我的祖父陈宝年吗？

祖父陈宝年就是在竹器城里听说了蒋氏八次怀孕的消息。 去乡下收竹篾的小伙计告诉陈宝年，你老婆又有了，肚子这么大了。 陈宝年牙疼似的吸了一口气问，到底多大了？小伙计指着隔壁麻油铺子说，有榨油锅那么大。 陈宝年说，八个月吧？ 小伙计说到底几个月要问你自己，你回去扫荡一下就弹无虚发，一把百发百中的驳壳枪。 陈宝年终于怪笑一声，感叹着咕噜着那狗女人血气真旺啊。

我设想陈宝年在刹那间为女人和生育惶惑过。 他的竹器作坊被蒋氏的女性血光照亮了，挂在墙上吊在梁上堆在地上的竹椅竹席竹篮竹匾一齐耸动，传导女人和婴儿浑厚的呼唤撞击他的神经。 陈宝年唯一目睹过的老大狗崽的分娩情景是否会重现眼前？ 我的祖母蒋氏曾经是位原始的毫无经验的母亲。 她仰卧在祖屋金黄的干草堆上，苍黄的脸上一片肃穆，双手紧紧抓握一把干草。 陈宝年倚在门边，他看着蒋氏手里的干草被捏出了黄色水滴，觉得浑身虚颤不止，精气空空荡荡。 而蒋氏的眼睛里跳动着一团火苗，那火苗在整个分娩过程中自始至终地燃烧，直到老大狗崽哇哇坠入干草堆。 这景象仿佛江边落日一样庄严生动。 陈宝年亲眼见到陈家几代人赡养的家鼠从各个屋角跳出来，围着一堆血腥的干草欢歌起舞，他的女人面带微笑，崇敬地向神秘的家鼠致意。

一九三四年我的祖父陈宝年一直在这座城市里吃喝嫖赌，潜心发迹，没有回过我的枫杨树老家。 我在一条破陋的百年小巷里找到陈记竹器店的遗址时夜幕降临了，旧日的昏黄街灯重新照亮一个枫杨树人，我茫然四顾，那座木楼肯定已经沉入历史深处，我是不是还能找到祖父陈宝年在半个世纪前浪荡竹器城的足迹？

在我的已故亲人中，陈家老大狗崽以一个拾粪少年的形象站立在我们家史里引人注目。狗崽的光辉在一九三四年突放异彩。这年他十五岁，四肢却像蒋氏般修长，他的长相类似聪明伶俐的猿猴。

枫杨树老家人性好养狗。狗群寂寞的时候成群结队野游，在七歪八斜的村道上排泄乌黑发亮的狗粪。老大狗崽终日挎着竹箕追逐狗群，忙于回收狗粪。狗粪即使躲在数里以外的草丛中，也逃脱不了狗崽锐利的眼睛和灵敏的嗅觉。

这是从一九三四年开始的。祖母蒋氏对狗崽说，你拾满一竹箕狗粪去找有田人家，一竹箕狗粪可以换两个铜板，他们喜欢用狗粪肥田呢。攒够了铜板娘给你买双胶鞋穿，到了冬天你的小脚板就可以暖暖和和了。狗崽怜惜地凝视了会儿自己的小光脚，抬头对推磨碾糠的娘笑着。娘的视线穿在深深的磨孔里，随碾下的麸糠痛苦地翻滚着。狗崽闻见那些黄黄黑黑的麸糠散发出一种冷淡的香味。那双温暖的胶鞋在他的幻觉中突然放大，他一阵欣喜把身子吊在娘的石磨上，大喊一声："让我爹买一双胶鞋回家！"蒋氏看着儿子像一只陀螺在磨盘上旋转，推磨的手却着魔似的停不下来。在眩惑中蒋氏拍打儿子的屁股，喃喃地说："你去拾狗粪，拾了狗粪才有胶鞋穿。""等开冬下了雪还去拾吗？"狗崽问。"去。下了雪地上白，狗粪一眼就能看见。"

对一双胶鞋的幻想使狗崽的一九三四年过得忙碌而又充实。他对祖母蒋氏进行了一次反叛，卖狗粪得到的铜板没有交给蒋氏而是放进一只木匣子里。 狗崽将木匣子掩人耳目地藏进墙洞里，赶走了一群神秘的家鼠。 有时候睡到半夜狗崽从草铺上站起来，踮足越过左右横陈的家人身子去观察那只木匣子。 在黑暗中狗崽的小脸迷离动人，他忍不住地搅动那堆铜板，铜板沉静地琅琅作响。 情深时狗崽会像老人一样长叹一声，浮想联翩。 一匣子的铜板以澄黄色的光芒照亮这个乡村少年。

回顾我家历史，一九三四年的灾难也降临到老大狗崽的头上。 那只木匣子在某个早晨突然失踪了。 狗崽的指甲在墙洞里抠烂抠破后变成了一条小疯狗。 他把几个年幼的弟妹捆成一团麻花，挥起竹鞭拷打他们追逼木匣的下落。 我家祖屋里一片小儿女的哭喊，惊动了整个村子。 祖母蒋氏闻讯从地里赶回来，看到了狗崽拷打弟妹的残酷壮举。 狗崽暴戾野性的眼神使蒋氏浑身颤抖。 那就是陈宝年塞在她怀里的一个咒符吗？ 蒋氏顿时联想到人的种气掺满了恶行。 有如日月运转衔接自然。 她斜倚在门上环视她的儿女，又一次怀疑自己是树，身怀空巢，在八面风雨中飘摇。

木匣子丢失后我家笼罩着一片伤心阴郁的气氛。 狗崽终日坐在屋角的干草堆里监察着他的这个家。 他似乎听到那匣铜板在祖屋某个隐秘之处琅琅作响。 他怀疑家人藏起了木匣子。 有几次蒋氏感觉到儿子的目光扫过来，执拗地停留在她困倦的脸上，仿佛一把芒刺刺痛了蒋氏。

"你不去拾狗粪了吗？"

"不。"

"你是非要那胶鞋对吗?"蒋氏突然扑过去揪住了狗崽的头发说你过来你摸摸娘肚里七个月的弟弟娘不要他了省下钱给你买胶鞋你把拳头攥紧来朝娘肚子上狠狠地打狠狠地打呀。

狗崽的手触到了蒋氏悬崖般常年隆起的腹部。他看见娘的脸激动得红润发紫朝他俯冲下来,她露出难得的笑容拉住他的手说狗崽打呀打掉弟弟娘给你买胶鞋穿。这种近乎原始的诱惑使狗崽跳起来,他呜呜哭着朝娘坚硬丰盈的腹部连打三拳,蒋氏闭起眼睛,从她的女性腹腔深处发出三声凄怆的共鸣。

被狗崽击打的胎儿就是我的父亲。

我后来听说了狗崽的木匣子的下落,禁不住为这辉煌的奇闻黯然伤神。我听说一九三五年南方的洪水泛滥成灾。我的枫杨树故乡被淹为一片荒墟。祖母蒋氏划着竹筏逃亡时,看见家屋地基里突然浮出那只木匣子,七八只半死不活的老鼠护送那只匣子游向水天深处。蒋氏认得那只匣子那些老鼠。她奇怪陈家的古老家鼠竟然力大无比,曾把狗崽的铜板运送到地基深处。她想那些铜板在水下一定是绿锈斑斑了,即使潜入水底捞起来也闻不到狗崽和狗粪的味道了。那些水中的家鼠要把残存的木匣子送到哪里去呢?

我对父亲说过,我敬仰我家祖屋的神奇的家鼠。我也喜欢十五岁的拾狗粪的伯父狗崽。

父亲这辈子对他在娘腹中遭受的三拳念念不忘。他也许一直仇恨已故的兄长狗崽。从一九三四年一月到十月，我父亲和土地下的竹笋一样负重成长，跃跃欲试跳出母腹。时值四季的轮回和飞跃，枫杨树四百亩早稻田由绿转黄。到秋天枫杨树乡村的背景一片金黄，旋卷着一九三四年的植物熏风，气味复杂，耐人咀嚼。

枫杨树老家这个秋季充满倒错的伦理至今是个谜。那是乡村的收获季节。鸡在凌晨啼叫，猪在深夜拱圈。从前的枫杨树人十月里全村无房事但这个秋季却是个谜。可能就是那种风吹动了枫杨树网状的情欲。割稻的男女为什么频频弃镰而去都飘进稻浪里无影无踪啊，你说到底是从哪里吹来的这种风？

祖母蒋氏拖着沉重的身子在这阵风中发呆。她听见稻浪深处传来的男女之声充满了快乐的生命力在她和胎儿周围大肆喧嚣。她的一只手轻柔地抚摸着腹中胎儿，另一只手攥成拳头顶住了嘴唇，干涩的哭声倏地从她指缝间蹿出去像芝麻开花节节高，令听者毛骨悚然。他们说我祖母蒋氏哭起来胜过坟地上的女鬼，饱含着神秘悲伤的寓意。

背景还是枫杨树东北部黄褐色的土坡和土坡上的黑砖楼。祖母蒋氏和父亲就这样站在五十多年前的历史画面上。

收割季节里陈文治精神亢奋，每天吞食大量白面，胜似一只仙鹤神游他的六百亩水稻田。 陈文治在他的黑砖楼上远眺秋景，那只日本望远镜始终追逐着祖母蒋氏，在十月的熏风丽日下，他窥见了蒋氏分娩父亲的整个过程。 映在玻璃镜片里的蒋氏像一头老母鹿行踪诡秘。 她被大片大片的稻浪前推后涌，浑身金黄耀眼，朝田埂上的陈年干草垛寻去。 后来她就悄无声息地仰卧在那垛干草上，将披挂下来的蓬乱头发噙在嘴里，眸子痛楚得烧成两盏小太阳。 那是熏风丽日的十月。 陈文治第一次目睹了女人的分娩。 蒋氏干瘦发黑的胴体在诞生生命的前后变得丰硕美丽，像一株被日光放大的野菊花尽情燃烧。

父亲坠入干草的刹那间血光冲天，弥漫了枫杨树乡村的秋天。 他的强劲奔波的啼哭声震落了陈文治手中的望远镜，黑砖楼上随之出现一阵骚动。 望远镜的玻璃镜片碎裂后，陈文治渐渐软瘫在楼顶，他的神情衰弱而绝望，下人赶来扶拥他时发现那白锦缎裤子亮晶晶地湿了一片。

我意识到陈文治这人物是一个古怪的人精不断地攀在我的家族史的茎茎叶叶上。 枫杨树半村姓陈，陈家族谱记载了我家和陈文治的微薄的血缘关系。 陈文治和陈宝年的父亲是五代上的叔伯兄弟还是六代上的叔侄关系并非重要，重要的是陈文治家十九世纪便以富庶闻名方圆多里，而我家世代居于茅屋下面饥寒交迫。 祖父陈宝年曾经把他妹妹凤子跟陈文治换了十亩水田。 我想枫杨树本土的人伦就是这样经世代沧桑侵蚀几经沉浮的。 那个凤子仿佛一片美丽绝伦的叶子掉下我们家枝繁叶茂的老树，化成淤泥。　据说那是我祖上最漂亮的女人，她给陈文治家当了两年小妾，生下三名男婴，先后被陈文治家埋在竹园里。　有人见过那三名被活埋的男婴，他们长相又可爱又畸形，头颅异常柔软，毛发金黄浓密却都不会哭。　消息走漏后整个枫杨树乡村震惊了多日。　他们听见凤子在陈家竹园里时断时续地哀哭，后来她便开始发疯地摇撼每一棵竹子，借深夜的月光破坏苍茫一片的陈家竹园。　那时候陈宝年十七岁还没娶亲，他站在竹园外的石磨上冻得瑟瑟发抖，他一直拼命跺着脚朝他妹妹叫喊凤子你别毁竹子你千万别毁陈家的竹子。　他不敢跑到凤子跟前去拦，只是站在石磨上忍着春寒喊凤子亲妹妹别毁竹子啦哥哥是猪是狗良心掉到尿泡里了你不要再毁竹子呀。　他们兄妹俩的奇怪对峙以凤子暴死结束。　凤子摇着竹子慢慢地就倒在竹园里了，死得蹊跷。　记得她遗容是酱紫色的，像一瓣落叶夹在我家史册中令人惦念。　五十多年前枫杨树乡亲曾经想跟着陈宝年把凤子棺木抬入陈文治家，陈宝年只是把脸埋在白幔里无休止地呜咽，他说："用不着了，我知道她活不过今年，怎么死也是死。　我给她卜卦了。　不怨陈文治，也不怪我，凤子就是死里无生的命。"五十多年后我把姑祖母凤子作为家史中一点紫色光斑来捕捉，凤子就是一只美丽的萤火虫匆匆飞过我面前，我又怎能捕捉到她的紫色光亮呢？　凤子的特殊生育区别于祖母蒋氏，我想起那三个葬身在竹园下面的畸形男婴，想起我学过的遗传和生育理论，有一种设想和猜疑使我目光呆滞，无法深入探究我的家史。

我需要陈文治的再次浮出。

枫杨树老家的陈氏大家族中唯有陈文治家是财主，也只有陈文治家祖孙数代性格怪异，各有奇癖，他们的寿数几乎雷同，只活得到四十坎上。枫杨树人认为陈文治和他的先辈早夭是耽于酒色的报应。他们几乎垄断了近两百年枫杨树乡村的美女。那些女人进入陈家黑幽幽的五层深院仿佛美丽的野蛀子悲伤而绝情地叮在陈文治们的身上。她们吸吮了其阴郁而霉烂的精血后也失却了往日的芳颜，后来她们挤在后院的柴房里劈柈子或者烧饭，脸上永久地贴上陈文治家小妾的标志：一颗黑红色的梅花痣。

间或有一个刺梅花痣的女人被赶出陈家，在马桥镇一带流浪，她会发出那种苍凉的笑容勾引镇上的手工艺人。而镇上人见到刺梅花痣的女人便会朝她围过来，问及陈家人近来的生死，问及一只神秘的白玉瓷罐。

我需要给你们描述陈文治家的白玉瓷罐。

我没有也不可能见到那只白玉瓷罐。但我现在看见一九三四年的陈文治家了，看见客厅长案上放着那只白玉瓷罐。瓷罐里装着枫杨树人所关心的绝药。老家的地方野史《沧海志史》对绝药作了如下记载：

家宝不示。疑山东巫师炼少子少女精血而制。壮阳健肾抑或延年益寿不详。

即使是脸上刺梅花痣的女人也无法解释陈家绝药，她们只是猜想瓷罐里的绝药快要见底了。 这一年夏末秋初陈文治像热锅上的蚂蚁在村里仓皇乱窜，他甩开了下人独自在人家房前屋后张望，还从晾衣架上偷走了好多花花绿绿的裤衩塞进怀里，回家关起门专心致志地研究。 那堆裤衩中有一条是我家老大狗崽的，狗崽找不见裤衩以为是风吹走的。 他就把家里的一块蓝印花包袱布围在腰际，离家去拾狗粪。

狗崽挎着竹箕一路寻找狗粪，来到了陈文治的黑砖楼下。

他不知道黑砖楼上有人在注意他。 猛然听见陈文治的管家在楼上喊："狗崽狗崽，到这儿来干点活，你要什么给什么。"狗崽抬起头看着那黑漆漆的楼想了想："是去推磨吗？""就是推磨。 来吧。"管家笑着说。"真的要什么给什么吗？"狗崽说完就把狗粪筐扔了跑进陈文治家。

这事情是在陈家后院谷仓里发生的。 那座谷仓硕大无比，在午后的阳光下蒸发着香味。 狗崽被管家拽进去，一下子就晕眩起来，他从来没见过这么多的生谷粒。 他隐约见到村里还有几个男孩女孩焦渴地坐在谷堆上，咯嘣咯嘣嚼咽着大把生谷粒。

"磨呢？ 磨在哪里？"

管家拍拍狗崽的头顶，怪模怪样地歪了歪嘴，说："在那儿呢，你不推磨磨推你。"

狗崽被推进谷仓深处。 哪儿有石磨？ 只有陈文治正襟危坐在红木太师椅上，他浑身上下斑斑点点洒着金黄的谷屑，双膝间夹着一只白玉瓷罐。 陈文治极其慈爱地朝狗崽微笑，他看见狗崽的小脸巧夺天工地融合了陈宝年和蒋氏的性格棱角显得愚朴而可爱。 陈文治问狗崽："你娘这几天怎么不下地呢？"

"我娘又要生孩子了。"

"你娘……"陈文治弓着身子突然挨过来解狗崽遮羞的包袱布。 狗崽尖叫着跳起来，这时他看清了那只滚在地上的白玉瓷罐，瓷罐里有什么浑浊的气味古怪的液体流了出来。狗崽闻到那气味禁不住想吐，他蹲下身子两只手护住蓝花包袱布，感觉到陈文治瘦骨嶙峋的手正在抽动他的腰际。 狗崽面对枫杨树最大人物的怪诞举动六神无主，欲哭无泪。

"你要干什么你要干什么？"

狗崽身上凝结的狗粪味这一刻像雾一般弥漫。 他闻到了自己身上的浓烈的狗粪味。 狗崽双目圆睁，在陈文治的手下野草般颤动。 当他萌芽时期的精液以泉涌速度冲到陈文治手心里又被滴进白玉瓷罐后，狗崽哇哇大哭起来，一边哭一边语无伦次地叫喊：

"我不是狗我要胶鞋给我胶胶胶胶鞋。"

我家老大狗崽后来果真抱着双新胶鞋出了陈文治家门。

他回到土坡上，看见傍晚时分的紫色阳光照耀着他的狗粪筐，村子一片炊烟，出没于西北坡地的野狗群撕咬成一堆，吠叫不止。 狗崽抱着那双新胶鞋在坡上跌跌撞撞地跑，他闻见自己身上的狗粪味越来越浓，他开始惧怕狗粪味了。

这天夜里祖母蒋氏一路呼唤狗崽来到荒凉的坟地上，她看见儿子仰卧在一块辣蓼草丛中，怀抱一双枫杨树鲜见的黑色胶鞋。 狗崽睡着了，眼皮受惊似的颤动不已，小脸上的表情在梦中瞬息万变。 狗崽的身上除了狗粪味又增添了新鲜精液的气味。 蒋氏惶惑地抱起狗崽，俯视儿子发现他已经很苍老。 那双黑胶鞋被儿子紧紧抱在胸前，仿佛一颗灾星陨落在祖母蒋氏的家庭里。

一九三四年枫杨树乡村向四面八方的城市输送二万株毛竹的消息曾登在上海的《申报》上。 也就是这一年，竹匠营生在我老家像三月笋尖般地疯长一气。 起码有一半男人舍了田里的活计，抓起大头竹刀赚大钱。 刺啦刺啦劈篾条的声音在枫杨树各家各户回荡，而陈文治的三百亩水田长上了稗草。

我的枫杨树老家湮没在一片焦躁异常的气氛中。

这场骚动的起因始于我祖父陈宝年在城里的发迹。 去城里运竹子的人回来说，陈宝年发横财了，陈宝年做的竹榻竹席竹筐甚至小竹篮小竹凳现在都卖好价钱，城里人都认陈记竹器铺的牌子。 陈宝年盖了栋木楼。 陈宝年左手右手都戴上金戒指到堂子里去吸白面睡女人临走就他妈的摘下金戒指朝床上扔哪。

祖母蒋氏听说这消息倒比别人晚。 她曾经嘴唇白白地到处找人打听，她说，你们知道陈宝年到底赚了多少钱够买三百亩地吗？ 人们都怀着阴暗心理乜斜这个又脏又瘦的女人，一言不发。 蒋氏发了会儿呆，又问，够买二百亩地吗？ 有人突然对着蒋氏窃笑，猛不丁回答，陈宝年说啦他有多少钱花多少钱一个铜板也不给你。

"那一百亩地总是能买的。"祖母蒋氏自言自语地说。她嘘了口气，双手沿着干瘪的胸部向下滑，停留在高高凸起的腹部。 她的手指触摸到我父亲的脑袋后便绞合在一起，极其温柔地托着那腹中婴儿。"陈宝年那狗日的。"蒋氏的嘴唇哆嗦着，她低首回想，陶醉在云一样流动变幻的思绪中。 人们发现蒋氏枯槁的神情这时候又美丽又愚蠢。

其实我设想到了蒋氏这时候是一个半疯半痴的女人。 蒋氏到处追踪进城见过陈宝年的男人，目光炽烈地扫射他们的口袋裤腰。"陈宝年的钱呢？"她嘴角嚅动着，双手摊开，幽灵般在那些男人四周晃来荡去，男人们挥手驱赶蒋氏时胸中也燃烧起某种忧伤的火焰。

直到父亲落生，蒋氏也没有收到城里捎来的钱。 竹匠们渐渐踩着陈宝年的脚后跟拥到城里去了。 一九三四年是枫杨树竹匠们逃亡的年代，据说到这年年底，枫杨树人创始的竹器作坊已经遍及长江下游的各个城市了。

我想枫杨树的那条黄泥大路可能由此诞生。 祖母蒋氏目睹了这条路由细变宽、从荒凉到繁忙的过程。 她在这年秋天手持圆镰守望在路边，漫无目的地研究那些离家远行者。 这一年有一百三十九个新老竹匠挑着行李从黄泥大道上经过，离开了他们的枫杨树老家。 这一年蒋氏记忆力超群出众，她几乎记住了他们每一个人的音容笑貌。 从此黄泥大路像一条巨蟒盘缠在祖母蒋氏对老家的回忆中。

黄泥大路也从此伸入我的家史中。 我的家族中人和枫杨树乡亲密集蚁行，无数双赤脚踩踏着先祖之地，向陌生的城市方向匆匆流离。 几十年后我隐约听到那阵叛逆性的脚步声穿透了历史，我茫然失神。 老家的女人们你们为什么无法留住男人同生同死呢？ 女人不该像我祖母蒋氏一样沉浮在苦海深处，枫杨树不该成为女性的村庄啊。

第一百三十九个竹匠是陈玉金。 祖母蒋氏记得陈玉金是最后一个。 她当时正在路边。 陈玉金和他女人一前一后沿着黄泥大路疯跑。 陈玉金的脖子上套了一圈竹篾，腰间插着竹刀逃；玉金的女人披头散发光着脚追。 玉金的女人发出了一阵古怪的秋风般的呼啸声。 她极善奔跑。 她擒住了男人。 然后蒋氏看见了陈玉金夫妻在路上争夺那把竹刀的大搏斗。 蒋氏听到陈玉金女人沙哑的雷雨般的倾诉声。 她说你这糊涂虫到城里谁给你做饭谁给你洗衣谁给你操你不要我还要呢你放手我砍了你手指让你到城里做竹器。 那对夫妻争夺一把竹刀的早晨漫长得令人窒息。 男的满脸晦气，女的忧愤满腔。 祖母蒋氏崇敬地观望着黄泥大道上的这幕情景，心中潮湿得难耐，她挎起草篮准备回家时听见陈玉金一声困兽咆哮，蒋氏回过头目击了陈玉金挥起竹刀砍杀女人的细节。 寒光四溅中，有猩红的血火焰般蹿起来，斑驳迷离。 陈玉金女人年轻壮美的身体迸发出巨响扑倒在黄泥大路上。

那天早晨黄泥大路上的血是如何洇成一朵莲花形状的呢？ 陈玉金女人崩裂的血气弥漫在初秋的雾霭中，微微发甜。

我祖母蒋氏跳上大路，举起圆镰跨过一片血泊，追逐杀妻逃去的陈玉金。 一条黄泥大道在蒋氏脚下倾覆着下陷着，她怒目圆睁，跟跟跄跄跑着，她追杀陈玉金的喊声其实是属于我们家的，田里人听到的是陈宝年的名字：

"陈宝年……杀人精……抓住陈宝年……"

我知道一百三十九个枫杨树竹匠都顺流越过大江进入南方那些繁荣的城镇。 就是这一百三十九个竹匠点燃了竹器业的火捻子在南方城市里开辟了崭新的手工业。 枫杨树人的竹器作坊水漫沙滩渐渐掀起了浪头。 一九三四年我祖父陈宝年的陈记竹器店在城里蜚声一时。

我听说陈记竹器店荟萃了三教九流地痞流氓无赖中的佼佼者，具有同任何天灾人祸抗争的实力。 那黑色竹匠聚集到陈宝年麾下，个个思维敏捷身手矫健一如入海蛟龙。 陈宝年爱他们爱得要命，他依稀觉得自己拾起一堆肮脏的杂木劈柴，点点火，那火焰就蹿起来使他无畏寒冷和寂寞。 陈宝年在城里混到一九三四年已经成为一名手艺精巧处世圆通的业主。

他的铺子做了许多又热烈又邪门的生意。他的竹器经十八名徒子之手，全都沾上了辉煌的邪气，在竹器市场上锐不可当。

我研究陈记竹器铺的发迹史时被那十八名徒子的黑影深深诱惑了。我曾经在陈记竹器铺的遗址附近遍访一名绰号小瞎子的老人。他早在三年前死于火中。街坊们说小瞎子死时老态龙钟，他的小屋里堆满了多年的竹器，有天深夜那一屋子竹器突然就烧起来了，小瞎子被半米高的竹骸竹灰埋住像一具古老的木乃伊。他是陈记竹器铺最后的光荣。

关于我祖父和小瞎子的交往留下了许多逸闻供我参考。

据说小瞎子出身奇苦，是城南妓院的弃婴。他怎么长大的连自己也搞不清。他用独眼盯着人时你会发现他左眼球里刻着一朵黯淡的血花。小瞎子常常带着光荣和梦想回忆那朵血花的由来。五岁那年他和一条狗争抢人家楼檐上掉下来的腊肉，他先把腊肉咬在了嘴里，但狗仇恨的爪刺伸入了他的眼睛深处。后来他坐在自己的破黄包车上结识了陈宝年。他又谈起了狗和血花的往事，陈宝年听得怅然若失。对狗的相通的回忆把他们拧在一起，陈宝年每每从城南堂子出来就上小瞎子的黄包车，他们在小红灯的灼灼闪烁中回忆了许多狗和人生的故事。后来小瞎子卖掉他的破黄包车，扛着一箱烧酒投奔陈记竹器铺拜师学艺。他很快就成为陈宝年第一心腹徒子，他在我们家族史的边缘像一颗野酸梅孤独地开放。

一九三四年八月陈记竹器店抢劫三条运粮船的壮举就是小瞎子和陈宝年策划的。 这年逢粮荒，饥馑遍蔽城市乡村。但是谁也不知道生意兴隆财源丰盛的陈记竹器店为什么要抢三船糙米。 我考察陈宝年和小瞎子的生平，估计这源于他们食不果腹的童年时代的粮食梦。 对粮食有与生俱来的哄抢欲望你就可能在一九三四年跟随陈记竹器铺跳到粮船上去。 你们会像一百多名来自农村的竹匠一样夹着粮袋潜伏在码头上等待三更月落时分。 你们看见抢粮的领导者小瞎子第一个跳上粮船，口衔一把锥形竹刀，独眼血花鲜亮夺目，他将一只巨大的粮袋疯狂挥舞，你们也会呼啦跳起来拥上粮船。 在一刻钟内掏光所有的糙米，把船民推进河中让他号啕大哭。 这事情发生在半个世纪前的茫茫世事中，显得真实可信。 我相信那不过是某种社会变故的信号，散发出或亮或暗的光晕。据说在抢粮事件发生后城里自然形成了竹匠帮。 他们众星捧月环绕陈宝年的竹器铺，其标志就是小巧而尖利的锥形竹刀。

值得纪念的就是这种锥形竹刀，在抢劫粮船的前夜，小瞎子借月光创造了它。 状如匕首，可穿孔悬系于腰上，可随手塞进裤褂口袋。 小瞎子挑选了我们老家的干竹削制了这种暗器，他把刀亮给陈宝年看："这玩意儿好不好，我给伙计们每人削一把。 在这世上混到头就是一把刀吧。"我祖父陈宝年一下子就爱上了锥形竹刀。 从此他的后半辈就一直拥抱着尖利精巧的锥形竹刀。 陈宝年，陈宝年，你腰佩锥形竹刀混迹在城市里都想到了世界的尽头吗？

乡下的狗崽有一天被一个外乡人喊到村口竹林里。 那人是到枫杨树收竹子的。 他对狗崽说陈宝年给他捎来了东西。在竹林里外乡人庄严地把一把锥形竹刀交给狗崽。

"你爹捎给你的。"那人说。

"给我？ 我娘呢？"狗崽问。

"捎给你的，你爹让你挂着它。"那人说。

狗崽接过刀的时候触摸了刀上古怪而富有刺激的城市气息。 他似乎从竹刀纤薄的锋刃上看见了陈宝年的面容，模模糊糊但力度感很强。 竹刀很轻，通体发着淡绿的光泽，狗崽在太阳地里端详着这神秘之物，把刀子往自己手心里刺了两下，他听见了血液被压迫的噼啪轻响，一种刺伤感使狗崽呜哇地喊了一声，随后他便对着竹林笑了。 他怕别人看见，把刀藏在狗粪筐里掩人耳目地带回家。

这个夜晚狗崽在月光下凝望着他父亲的锥形竹刀，久久不眠。 农村少年狗崽愚拙的想象被竹刀充分唤起沿着老屋的泥地汹涌澎湃。 他想着那竹匠集居的城市，想象那里的房子大姑娘洋车杂货和父亲的店铺嘴里不时吐出兴奋的呻吟。 祖母蒋氏终于惊醒。 她爬上狗崽的草铺，充满柴烟味的手摸索着狗崽的额头。 她感觉到儿子像一只发烧的小狗软绵绵地往她的双乳下拱。 儿子的眼睛亮晶晶地睁大着，有两点古怪的锥形光亮闪烁。

"娘，我要去城里跟爹当竹匠。"

"好狗崽你额头真烫。"

"娘，我要去城里当竹匠。"

"好狗崽你别说胡话吓着亲娘你才十五岁手拿不起大头篾刀你还没娶老婆生孩子怎么能去城里那鬼地方好人去了黑心窝坏人去了脚底流脓头顶生疮你让陈宝年在城里烂了那把狗不吃猫不舔的臭骨头狗崽可不想往城里去。"蒋氏克制着浓郁的睡意絮絮叨叨，她抬手从墙上摘下一把晒干的薄荷叶蘸上唾液贴在狗崽额上，重新将狗崽塞入棉絮里，又熟睡过去。

其实这是我家历史的一个灾变之夜。我家祖屋的无数家鼠在这夜警惕地睁大了红色眼睛，吱吱乱叫几乎应和了狗崽的每一声呻吟。黑暗中的茅草屋被一种深沉的节奏所摇撼。狗崽光裸的身子不断冒出灼热的雾气探出被窝，他听见了鼠叫，他专注地寻觅着家鼠们却不见其影，但悸动不息的心已经和家鼠们进行了交流。在家鼠突然间平静的一瞬，狗崽像梦游者一样从草铺上站起来，熟稔地拎起屋角的狗粪筐打开柴门。

一条夜奔之路洒满秋天醇厚的月光。

一条夜奔之路向一九三四年的纵深处化入。

狗崽光着脚耸起肩膀在枫杨树的黄泥大道上匆匆奔走，四处萤火流曳，枯草与树叶在夜风里低空飞行，黑黝黝无限伸展的稻田回旋着神秘潜流，浮起狗崽轻盈的身子像浮起一条逃亡的小鱼。 月光和水一齐漂流。 狗崽回首遥望他的枫杨树村子正白惨惨地浸泡在九月之夜里。 没有狗叫，狗也许听惯了狗崽的脚步。 村庄阒寂一片，凝固忧郁，唯有许多茅草在各家房顶上迎风飘拂，像娘的头发一样飘拂着，他依稀想见娘和一群弟妹正挤在家中大铺上，无梦地酣睡，充满灰菜味的鼻息在家里流通交融，狗崽突然放慢脚步像狼一样哭号几声，又戛然而止。 这一夜他在黄泥大道上发现了多得神奇的狗粪堆。 狗粪堆星罗棋布地掠过他的泪眼。 狗崽就一边赶路一边拾狗粪，包在他脱下的小布褂里，走到马桥镇时，小布褂已经快被撑破了。 狗崽的手一松，布包掉落在马桥桥头上，他没有再回头朝狗粪张望。

第二天早晨我祖母蒋氏一推门就看见了石阶上狗崽留下的黑胶鞋。 秋霜初降，黑胶鞋蒙上了盐末似的晶体，鞋下一摊水渍。 从我家门前到黄泥大路留下了狗崽的脚印，逶迤起伏，心事重重，十根脚趾印很像十颗悲伤的蚕豆。 蒋氏披头散发地沿脚印呼唤狗崽，一直到马桥镇。 有人指给她看桥头上的那包狗粪，蒋氏抓起冰冷的狗粪号啕大哭。 她把狗粪扔到了围观者的身上，独自往回走。 一路上她看见无数堆狗粪向她投来美丽的黑光。 她越哭狗粪的黑光越美丽，后来她开始躲闪，闻到那气味就呕吐不止。

我会背诵一名陌生的南方诗人的诗。 那首诗如歌如泣地感动我。 去年父亲病重之际我曾经背对着他的病床给他讲了父亲和儿子的故事，在病房的药水味里诗歌最有魅力。

　　　　父亲和我

　　　　我们并肩走着

　　　　秋雨稍歇

　　　　和前一阵雨

　　　　像隔了多年时光

　　　　我们走在雨和雨的间歇里

　　　　肩头清晰地靠在一起

　　　　却没有一句要说的话

　　　　我们刚从屋子里出来

　　　　所以没有一句要说的话

　　　　这是长久生活在一起造成的

　　　　滴水的声音像折下一支细枝条

　　　　父亲和我

　　　　都怀着难言的恩情

　　　　安详地走着

　　我父亲听明白了。 他耳朵一直很灵敏。 看着我的背影他突然朗朗一笑，我回过头从父亲苍老的脸上发现了陈姓子孙生命初期的特有表情：透明度很高的欢乐和雨积云一样的忧患。 在医院雪白的病房里我见到了婴儿时的父亲，我清晰地听见诗中所写的历史雨滴折下细枝条的声音。 这一天父亲大声对我说话逃离了哑巴状态。 我凝视他就像凝视婴儿一样就是这样的我祈祷父亲的复活。

父亲的降生是否生不逢时呢？ 抑或是伯父狗崽的拳头把父亲早早赶出了母腹？ 父亲带着六块紫青色胎记出世，一头钻入一九三四年的灾难之中。

一九三四年枫杨树周围方圆七百里的乡村霍乱流行，乡景黯淡。 父亲在祖传的颜色发黑的竹编摇篮里感觉到了空气中的灾菌。 他的双臂总是朝半空抓捏不止啼哭声惊心动魄。祖传的摇篮盛载了父亲后便像古老的二胡凄惶地叫唤，一家人在那种声音中都变得焦躁易怒，儿女围绕那只摇篮爆发了无数战争。 祖母蒋氏的产后生活昏天黑地。 她在水塘里洗干净所有染上脏血的衣服，端着大木盆俯视她的小儿子，她发现了婴儿的脸上跳动着不规则的神秘阴影。

出世第八天父亲开始拒绝蒋氏的哺乳。 祖母蒋氏惶惶不可终日，她的沉重的乳房被抓划得伤痕累累，她怀疑自己的奶汁染上横行乡里的瘟疫变成哑奶了。 蒋氏灵机一动将奶汁挤在一只大海碗里喂给草狗吃。 然后她捧着碗跟着那条草狗一直来到村外。 渐渐地她发现狗的脑袋耷拉下来了狗倒在河塘边。 那是财东陈文治家的护羊狗，毛色金黄茸软。 陈家的狗竭力地用嘴接触河塘水却怎么也够不着。 蒋氏听见狗绝望而狂乱的低吠声深受刺激。 她砸碎大海碗，慌慌张张扣上一直敞开的衣襟，一路飞奔逃离那条垂死的狗。 她隐约觉到自己哺育过八个儿女的双乳已经修炼成精，结满仇恨和破坏因子如今重如金石势不可挡了。 她忽而又怀疑是自己的双乳向枫杨树乡村播撒了这场瘟疫。

祖母蒋氏夜里梦见自己裂变成传说中的灾女浑身喷射毒瘴，一路哀歌，飘飘欲仙，浪游整个枫杨树乡村。 那个梦持续了很长时间，蒋氏在梦中又哭又笑死去活来。 孩子们都被惊醒，在黑暗中端坐在草铺上分析他们的母亲。 蒋氏喜欢做梦。 蒋氏不愿醒来。 孩子们知道不知道？

父亲的摇篮有一夜变得安静了，其时婴儿小脸赤红，脉息细若游丝，他的最后一声啼哭唤来了祖母蒋氏。 蒋氏的双眼恍惚而又清亮，仍然在梦中。 她托起婴儿灼热的身体像一阵轻风卷出我们家屋。 梦中母子在晚稻田里轻盈疾奔。 这一夜枫杨树老家的上空星月皎洁，空气中挤满胶状下滴的夜露。

夜露清凉甜润，滴进焦渴饥饿的婴儿口中。 我父亲贪婪地吸吮不停。 他的岌岌可危的生命也被那几千滴夜露洗涤一新，重新爆出青枝绿叶。

我父亲一直认为：半个多世纪前祖母蒋氏发明了用夜露哺育婴儿的奇迹。 这永远是奇迹，即使是在我家族的苍茫神奇的历史长卷中也称得上奇迹。 这奇迹使父亲得以啜饮乡村的自然精髓度过灾年。

后代们沿着父亲的生命线可以看见一九三四年的乌黑的

年晕。 我的众多枫杨树乡亲未能逃脱瘟疫一如稗草伏地。暴死的幽灵潜入枫杨树的土地深处呦呦狂鸣。 天地间阴惨惨黑沉沉，生灵鬼魅浑然一体，仿佛巨大的浮萍群在死水里挣扎漂流，随风而去。 祖母蒋氏的五个小儿女在三天时间里加入了亡灵的队伍。

那是我祖上亲人的第一批死亡。

他们一字排在大草铺上，五张小脸经霍乱病菌烧灼后变得漆黑如炭。 他们的眼睛都如同昨日一样淡漠地睁着凝视母亲。 蒋氏在我家祖屋里焚香一夜，袅袅升腾的香烟把五个死孩子熏出了古朴的清香。 蒋氏抱膝坐在地上，为她的儿女守灵。 她听见有一口大钟在冥冥中敲了整整一夜召唤她的儿女。

等到第二天太阳出来香烟从屋里散去后蒋氏开始了殡葬。 她把五个死孩子一个一个抱到一辆牛车上，男孩前仆女孩仰卧，脸上覆盖着碧绿的香粽叶。 蒋氏把父亲缠绑在背上就拉着牛车出发了。

我家的送葬牛车迟滞地在黄泥大道上前行。 黄泥大道上从头至尾散开了几十支送葬队伍。 丧号昏天黑地响起来，震动一九三四年。 女人们高亢的丧歌四起，其中有我祖母蒋氏独特的一支。 她的丧歌里多处出现了送郎调的节拍，显得古怪而富有底蕴。 蒋氏拉着牛车找了很长很长时间，一直找不到合适的坟地。 她惊奇地发现黄泥大道两侧几乎成了坟茔的山脉，没有空地了，无数新坟就像狗粪堆一样在枫杨树乡村诞生。

后来牛车停在某个大水塘边。 蒋氏倚靠在牛背上茫然四
顾。 她不知道是怎么走出浩荡的送葬人流的，大水塘墨绿地
沉默，塘边野草萋萋没有人迹。 她听见远远传来的丧号声若
有若无地在各个方向萦绕，乡村沉浸在这种声音里显得无边
无际。 晨风吹乱我祖母蒋氏的思绪，她的眼睛里渐渐浮满虚
无的暗火。 她抓住牛缰慢慢地拽拉朝水塘走去。 赤脚踩在
水塘的淤泥里，有一种冰凉的刺激使蒋氏嗷嗷叫了一声。 她
开始把她的死孩子一个一个地往水里抱，五个孩子沉入水底
后水面上出现了连绵不绝的彩色水泡。 蒋氏凝视着那水泡双
脚渐渐滑向水塘深处。 这时缠绑在蒋氏背上的父亲突然哭
了，那哭声仿佛来自天堂打动了祖母蒋氏。 半身入水的蒋氏
回过头问父亲："你怎么啦，怎么啦？"婴儿父亲眼望苍天粗
犷豪放地啼哭不止。 蒋氏忽地瘫坐在水里，她猛烈地揪着自
己的头发朝南方呼号：陈宝年陈宝年你快回来吧。

陈宝年在远离枫杨树八百里的城市中，怀抱猫一样的小
女人环子凝望竹器铺外面的街道。 外面是一九三四年的城
市。

我的祖父陈宝年回味着他的梦。 他梦见五只竹篮从房梁
上掉下来，蹦蹦跳跳扑向他在他怀里燃烧。 他被烧醒了。

他不想回家。 他远离瘟疫远离一九三四年的灾难。

我听说瘟疫流行期间老家出现了一名黑衣巫师。 他在马

桥镇上摆下摊子祛邪镇魔。 从四面八方前来请仙的人群络绎不绝。 祖母蒋氏背着父亲去镇上亲眼看到了黑衣巫师的风采。

她看见一个身穿黑袍的北方汉子站在鬼头大刀和黄表纸间，觉得眼前一亮，浑身振奋。 她在人群里拼命往前挤，挤掉了脚上的一只草鞋。 她放开嗓子朝黑衣巫师喊：

"灾星，灾星在哪里？"

蒋氏的沙哑的声音淹没在嘈杂的人声中。 那天数千枫杨树人向黑衣巫师磕拜求神，希望他指点流行乡里的瘟疫之源。

巫师边唱边跳，舞动古铜色的鬼头大刀，刀起刀落，最后飞落在地上。 蒋氏看见那刀尖渗出了血，指着黄泥大道的西南方向。 你们看啊。 人群一起踮足而立，遥望西南方向。 只见远处的一片土坡蒸腾着乳白的氤氲。 景物模糊绰约。 唯有一栋黑砖楼如同巨兽蹲伏着，窥伺马桥镇上的这一群人。

黑衣巫师的话倾倒了马桥镇：

西南有邪泉

藏在玉罐里

玉罐若不空

灾病不见底

我的枫杨树乡亲骚动了。 他们忧伤而悲愤地凝视西南方的黑砖楼，这一刻神奇的巫术使他们恍然觉悟，男女老少的眼睛都看见了从黑砖楼上腾起的瘟疫细菌，紫色的细菌虫正向枫杨树四周强劲地扑袭。 他们知道邪泉四溢是瘟疫之源。

陈　文　治

陈　文　治　　　　陈　文　治

陈　文　治　陈　文　治

祖母蒋氏在虚空中见到了被巫术放大的白玉瓷罐。 她似乎听见了邪泉在玉罐里沸腾的响声。 所有枫杨树人对陈文治的玉罐都只闻其声未见其物，是神秘的黑衣巫师让他们领略了玉罐的奇光异彩。 这天祖母蒋氏和大彻大悟的乡亲们一起嚼烂了财东陈文治的名字。

枫杨树两千灾民火烧陈文治家谷场的序幕就是这样拉开的。 事发后黑衣巫师悄然失踪，没人知道他去往何处了。在他摆摊的地方，一件汗迹斑斑的黑袍挂在老槐树上随风飘荡。

此后多年祖母蒋氏喜欢对人回味那场百年难遇的大火。

她记得谷场上堆着九垛谷穗子。 火烧起来的时候谷场上金光灿烂，喷发出浓郁的香味。 那谷香熏得人眼流泪不止。死光了妻儿老小的陈立春在火光中发疯，他在九垛火山里穿梭蛇行，一边抹着满颊泪水一边模仿仙姑跳大神。 众人一齐为陈立春欢呼跺脚。 陈文治的黑砖楼惶恐万分。 陈家人挤在楼上呼天抢地痛不欲生。 陈文治干瘦如柴的身子在两名丫鬟的扶持下如同暴风雨中的苍鹭，纹丝不动。 那只日本望远镜已经碎裂了，他觑起眼睛仍然看不清谷场上的人脸。"我怎么看不清那是谁那是谁？"纵火者在陈文治眼里江水般地波动，他们把谷场搅成一片刺目的红色。 后来陈文治在纵火者中看到了一个背驮孩子的女人。 那女人浑身赤亮形似火神，她挤过男人们的缝隙爬到谷子垛上，用一根松油绳点燃了最后一垛谷子。

"我也点了一垛谷子。 我也放火的。"祖母蒋氏日后对人说。 她怀念那个匆匆离去的黑衣巫师。 她认定是一场大火烧掉了一九三四年的瘟疫。

当我十八岁那年在家中阁楼苦读毛泽东经典著作时，我把《湖南农民运动考察报告》与枫杨树乡亲火烧陈家谷场联系起来了。 我遥望一九三四年化为火神的祖母蒋氏，我认为祖母蒋氏革了财东陈文治的命，以后将成为我家历史上的光辉一页。 我也同祖母蒋氏一样，怀念那个神秘的伟大的黑衣巫师。 他是谁？ 他现在在哪里呢？

枫杨树老家闻名一时的死人塘在瘟疫流行后诞生了。

死人塘在离我家祖屋三里远的地方。 那儿原先是个芦蒿塘，狗崽八岁时养的一群白鹅曾经在塘中生活嬉戏。 考证死人塘的由来时我很心酸。 枫杨树老人都说最先投入塘中的是祖母蒋氏的五个死孩子。 他们还记得蒋氏和牛车留在塘边的辙印是那么深那么持久不消。 后来的送葬人就是踩着那辙印去的。

埋进塘中的有十八个流浪在枫杨树一带的手工匠人。 那是死不瞑目的亡灵，他们裸身合仆于水面上下，一片青色斑斓触目惊心使酸甜的死亡之气冲天而起。 据说死人塘边的马齿苋因而长得异常茂盛，成为枫杨树乡亲挖野菜的好地方。

每天早晨马齿苋摇动露珠，枫杨树的女人们手挎竹篮朝塘边飞奔而来。 她们沿着塘岸开始了争夺野菜的战斗。 瘟疫和粮荒使女人们变得凶恶暴虐。 她们几乎每天在死人塘边争吵殴斗。 我的祖母蒋氏曾经挥舞一把圆镰砍伤了好几个乡亲，她的额角也留下了一条锯齿般的伤疤。 这条伤疤以后在她的生命长河里一直放射独特的感受之光，创造祖母蒋氏的世界观。 我设想一九三四年枫杨树女人们蜕变成母兽，但多年以后她们会不会集结在村头晒太阳，温和而苍老，遥想一九三四年？ 她们脸上的伤疤将像纪念章一样感人肺腑，使枫杨树的后代们对老祖母肃然起敬。

我似乎看见祖母蒋氏背驮年幼的父亲奔走在一九三四年的苦风瘴雨中，额角上的锯齿形伤疤熠熠发亮。 我的眼前经常闪现关于祖母和死人塘和马齿苋的画面，但我无法想见死人塘边祖母经历的奇谲痛苦。

我的祖母你是怎么来到死人塘边凝望死尸沉思默想的呢？

乌黑的死水掩埋了你的小儿女和十八个流浪匠人。 塘边的野菜已被人与狗吞食一空。 你闻到塘里甜腥的死亡气息打着幸福的寒噤。 那天是深秋的日子，你听见天边滚动着隐隐的闷雷。 你的破竹篮放在地上惊悸地颤动着预见灾难降临。祖母蒋氏其实是在等雨。 等雨下来死人塘边的马齿苋棵棵重新蹿出来。 那顶奇怪的红轿子就是这时候出现在田埂上的。红轿子飞鸟般地朝死人塘俯冲过来。 四个抬轿人脸相陌生面带笑意。 他们放下轿子走到祖母蒋氏身边，轻捷熟练地托起她。"上轿吧你这个丑女人。"蒋氏惊叫着在四个男人的手掌上挣扎，她喊："你们是人还是鬼？"四个男人笑起来把蒋氏拎着像拎起一捆干柴塞入红轿子。

轿子里黑红黑红的。 她觉得自己撞到了一个僵硬潮湿的身体上。 轿子里飞舞着霉烂的灰尘和男人衰弱的鼻息声，蒋氏仰起脸看见了陈文治。 陈文治蜡黄的脸上有一丝红晕疯狂舞蹈。 陈文治小心翼翼地扶住蒋氏木板似的双肩说："陈宝年不会回来了你给我吧。"蒋氏尖叫着用手托住陈文治双颊，不让那颗沉重的头颅向她乳房上垂落。 她听见陈文治的心在绵软干瘪的胸膛中摇摆着，有气无力一如风中树叶。 她的粘满泥浆的十指指尖深深扎进陈文治的皮肉里激起一阵野猫似的鸣叫。 陈文治的黑血汩汩流到蒋氏手上，他喃喃地说："你跟我去吧我在你脸上也刺朵梅花痣。"一顶红轿子拼命地摇呀晃呀，虚弱的祖母蒋氏渐渐沉入黑雾红浪中昏厥过去。 轿外的四个汉子听见一种苍凉的声音：

"我要等下雨我要挖野菜啦。"

她恍惚知道自己被投入了水中，但睁不开眼睛。 被蹂躏过的身子像一根鹅毛漂浮起来。 她又听见了天边的闷雷声，雨怎么还不下呢？ 临近黄昏时她睁开眼睛。 她发现自己睡在死人塘里。 四周散发的死尸腐臭浓烈地粘在她半裸的身体上。 那些熟悉或陌生的死者以古怪多变的姿态纠集在她脚边，他们酱紫色的胴体迎着深秋夕阳熠熠闪光。 有一群老鼠在死人塘里穿梭来往，仓皇地跳过她的胸前。 蒋氏木然地爬起来越过一具又一具行将糜烂的死尸。 她想雨怎么还不下呢？ 雨大概不会下了因为太阳在黄昏时出现了。 稀薄而锐利的夕光泻入野地刺痛了她的眼睛。 蒋氏举起泥手捂住了脸。 她一点也不怕死人塘里的死者，她想她自己已变成一个女鬼了。

爬上塘岸蒋氏看见她的破竹篮里装了一袋什么东西。 打开一看她便向天呜呜哭喊了一声。 那是一袋雪白雪白的粳米。 她把手伸进米袋抓起一把塞进嘴里，性急地嚼咽起来。她对自己说这是老天给我的，一路走一路笑抱着破竹篮飞奔回家。

我发现了死人塘与祖母蒋氏结下的不解之缘，也就相信了横亘于我们家族命运的死亡阴影。 死亡是一大片墨蓝的弧形屋顶，从枫杨树老家到南方小城覆盖祖母蒋氏的亲人。

有一颗巨大的灾星追逐我的家族，使我扼腕伤神。

陈家老大狗崽于一九三四年农历十月初九抵达城里。 他光着脚走了九百里路，满面污垢长发垂肩站在祖父陈宝年的竹器铺前。

竹匠们看见一个乞丐模样的少年把头伸进大门颤颤巍巍的，汗臭和狗粪味涌进竹器铺。 他把一只手伸向竹匠们，他们以为是讨钱，但少年紧握的拳头摊开了，那手心里躺着一把锥形竹刀。

"我找我爹。"狗崽说。 说完他扶住门框降了下去。 他的嘴角疲惫地开裂，无法猜度是要笑还是要哭。 他扶住门框撒出一泡尿，尿水呈红色冲进陈记竹器店，在竹匠们脚下汩汩流淌。

日后狗崽记得这天是小瞎子先冲上来抱起了他。 小瞎子闻着他身上的气味不停地怪叫着。 狗崽松弛地偎在小瞎子的怀抱里，透过泪眼凝视小瞎子，小瞎子的独眼神采飞扬以一朵神秘悠远的血花诱惑了狗崽。 狗崽张开双臂勾住小瞎子的脖子长嘘一声，然后就沉沉睡去。

他们说狗崽初到竹器店睡了整整两天两夜。 第三天陈宝年抱起他在棉被上摔了三回才醒来。 狗崽醒过来第一句话问得古怪，"我的狗粪筐呢？"他在小阁楼上摸索一番，又问陈宝年，"我娘呢，我娘在哪里？"陈宝年愣了愣，然后他搁了狗崽一记耳光，说："怎么还没醒？"狗崽捂住脸打量他的父亲。 他来到了城市。 他的城市生活就这样开始了。

陈宝年没让狗崽学竹匠。 他拉着狗崽让他见识了城里的米缸又从米缸里拿出一只竹箕交给狗崽：狗崽你每天淘十箕米做大锅饭煮得要干城里吃饭随便吃的。 你不准再偷我的竹刀，等你混到十八岁爹把十一件竹器绝活全传你。 你要是偷这偷那的爹会天天揍你揍到十八岁。

狗崽坐在竹器店后门守着一口熬饭的大铁锅。 他的手里总是抓着一根发黄的竹篾，胡思乱想，目光呆滞，身上挂着陈宝年的油布围腰。 一九三四年秋天的城市蒙着白茫茫的雾气，人和房屋和烟囱离狗崽咫尺之遥却又缥缈。 狗崽手中的竹篾被折成一段一段的掉在竹器店后门。 他看见一个女的站在对面麻油店的台阶上朝这儿张望。 她穿着亮闪闪的蓝旗袍，两条手臂光裸着叉腰站着。 你分不清她是女人还是女孩，她很小又很丰满，她的表情很风骚但又很稚气。 这是小女人环子在我们家史中的初次出现。 她必然出现在狗崽面前，两人之间隔着城市湿漉漉的街道和一口巨大的生铁锅。我想这就是一种具体的历史含义，小女人环子注定将成为我们家族的特殊来客，与我们发生永恒的联系。

"你是陈宝年的狗崽子吗？"

"你娘又怀上了吗？"

小女人环子突然穿越了街道绕过大铁锅，蓝旗袍下旋起熏风花香在我的画面里开始活动。 她的白鞋子正踩踏在地上那片竹篾上，吱吱吱轻柔地响着。 狗崽凝神望着地上的白鞋子和碎竹篾，他的血液以枫杨树乡村的形式在腹部以下左冲右突，他捂住粗布裤头另一只手去搬动环子的白鞋。

"你别把竹篾踩碎了别把竹篾踩碎了。"

"你娘，她又怀上了吗？"环子挪动了她的白鞋，把手放在狗崽刺猬般的头顶上。狗崽的十五岁的身体在环子的手掌下草一样地颤动。狗崽在那只手掌下分辨了世界上的女人。他闭起眼睛在环子的诱发下想起乡下的母亲。狗崽说："我娘又怀上了快生了。"他的眼前隆起了我祖母蒋氏的腹部，那个被他拳头打过的腹部将要诞生又一个毛茸茸的婴儿。狗崽颤索着目光探究环子蓝布覆盖的腹部，他觉得那里柔软可亲深藏了一朵美丽的花。环子有没有怀孕呢？

狗崽进入城市生活正当我祖父陈宝年的竹器业飞黄腾达之时。每天有无数竹器堆积如山，被大板车运往河码头和火车站。狗崽从后门的大锅前溜过作坊，双手紧抓窗棂观赏那些竹器。他看见陈宝年像鱼一样在门前竹器山周围游动，脸上掠过竹子淡绿的颜色。透过窗棂陈宝年呈现了被切割状态。

狗崽发现他的粗短的腿脚和发达的上肢是熟悉的枫杨树人，而陈宝年的黑脸膛已经被城市变了形，显得英气勃发略带一点男人的倦怠。狗崽发现他爹是一只烟囱在城里升起来了，娘一点也看不见烟囱啊。

我所见到的老竹匠们至今还为狗崽偷竹刀的事情所感动。他们说那小狗崽一见竹刀眼睛就发光，他对陈宝年祖传的大头竹刀喜欢得疯迷了。他偷了无数次竹刀都让陈宝年夺回去了。 老竹匠们老是想起陈家父子为那把竹刀四处追逐的场面。 那时候陈宝年变得出乎寻常的暴怒凶残，他把夺回的大头竹刀背过来，用木柄敲着狗崽的脸部。 敲击的时候陈宝年眼里闪出我们家族男性特有的暴虐火光，侧耳倾听狗崽皮肉骨骼的碎裂声。 他们说奇怪的是狗崽，他怎么会不怕竹刀柄，他靠着墙壁僵硬地站着迎接陈宝年，脸打青了连捂都不捂一下。 没见过这样的父子……

你说狗崽为什么老要偷那把竹刀？

你再说说陈宝年为什么怕大头竹刀丢失呢？

我从来没见过那把祖传的大头竹刀。 我不知道。 我只是想到了枫杨树人血液中竹的因子。 我的祖父陈宝年和伯父狗崽假如都是一杆竹子，他们的情感假如都是一杆竹子，一切都超越了我们的思想。 我无须进入前辈留下的空白地带也可以谱写我的家史。 我也将化为一杆竹子。

我只是喜欢那个竹子一样的伯父狗崽。 我幻想在旧日竹器城里看到陈记竹器铺的小阁楼。 那里曾经住着狗崽和他的朋友小瞎子。 阁楼的窗子在黑夜中会发出微弱的红光，红光来自他们的眼睛。 你仰望阁楼时心有所动，你看见在人的头顶上还有人，他们在不复存在的阁楼上窥伺我们，他们悬在一九三四年的虚空中。

这座阁楼，透过小窗狗崽对陈宝年的作坊一目了然。 他的脸终日肿胀溃烂着，在阁楼的幽暗里像一朵不安的红罂粟。

他凭窗守望入夜的竹器作坊。 他等待着麻油店的小女人环子的到来。 环子到来，她总是把白鞋子拎在手里，赤脚走过阁楼下面的竹器堆，她像一只怀春的母猫轻捷地跳过满地的竹器，推开我祖父陈宝年的房门。 环子一推门我家历史就涌入一道斑驳的光。 我的伯父狗崽被那道光灼伤，他把受伤的脸贴在冰冷的竹片墙上摩擦。 疼痛。"娘呢，娘在哪里？"狗崽凝望着陈宝年的房门，他听见了环子的猫叫声湿润地流出房门浮起竹器作坊。 这声音不是祖母蒋氏的，她和陈宝年裸身盘绕在老屋草铺上时狗崽知道她像枯树一样沉默。 这声音渐渐上涨浮起了狗崽的阁楼。 狗崽飘浮起来。他的双手滚水一样在粗布裤裆里沸腾。"娘啊，娘在哪里？"狗崽的身子蛇一样躁动缩成一团，他的结满伤疤的脸扭曲着最后吐出童贞之气。

我现在知道了这座阁楼。 阁楼上还住着狗崽的朋友小瞎子。 我另外构想过狗崽狂暴手淫的成因。 也许我的构想才是真实的。 我的面前浮现出小瞎子独眼里的暗红色血花。我家祖辈世代难逃奇怪的性的诱惑。 我想狗崽是在那朵血花的照耀下模仿了他的朋友小瞎子。 反正老竹匠们回忆一九三四年的竹器店阁楼上到处留下了黄的白的精液痕迹。

我必须一再地把小瞎子推入我的构想中。 他是一个模糊的黑点缀在我们家族伸入城市的枝干上，使我好奇而又迷惘。

我的祖父陈宝年和伯父狗崽一度都被他吸引甚至延续到

我，我在旧日竹器城寻访小瞎子时几乎走遍了每一个老竹匠的家门。 我听说他焚火而死的消息时失魂落魄。 我对那些老竹匠说我真想看看那只独眼啊。

继续构想。 狗崽那年偷看陈宝年和小女人环子交媾的罪恶是否小瞎子怂恿的悲剧呢？ 狗崽爬到他爹的房门上朝里窥望，他看见了竹片床上的父亲和小女人环子的两条白皙的小腿，他们的头顶上挂着那把祖传的大头竹刀。 小瞎子说你就看个稀奇千万别喊。 但是狗崽趴在门板上突然尖厉地喊起来："环子，环环环环啊！"狗崽喊着从门上跌下来。 他被陈宝年揪进了房里。 他面对赤身裸体脸色苍白的陈宝年一点不怕，但看见站在竹床上穿蓝旗袍的环子时眼睛里滴下灼热的泪来。 环子扣上蓝旗袍时说："狗崽你这个狗崽呀！"后来狗崽被陈宝年吊在房梁上吊了一夜，他面无痛苦之色，他只是看了看阁楼的窗子。 小瞎子就在阁楼上关怀着被缚的狗崽。

小瞎子训练了狗崽十五岁的情欲。 他对狗崽的影响已经到了出神入化的地步。 我尝试着概括那种独特的影响和教育，发现那就是一条黑色的人生曲线。

这条黑曲线缠在狗崽身上尤其强劲，他过早地悬在"女人"这个轨迹点上腾空了。 传说狗崽就是这样得了伤寒。一九三四年的冬天狗崽病卧在小阁楼上数着从头上脱落的一根根黑发。 头发上仍然残存着枫杨树狗粪的味道。 他把那些头发理成一绺穿进小瞎子发明的锥形竹刀的孔眼里，于是那把带头发缨子的锥形竹刀在小阁楼上喷发了伤寒的气息。 我祖父陈宝年登上小阁楼总闻得见这种古怪的气息。 他把手伸进狗崽肮脏而温暖的被窝测量儿子的生命力，不由得思绪茫茫浮想联翩。 在狗崽身上重现了从前的陈宝年。 陈宝年抚摸着狗崽日渐光秃的前额说："狗崽你病得不轻，你还想要爹的大头竹刀吗？"狗崽在被窝里沉默不语。 陈宝年又说："你想要什么？"狗崽突然哽咽起来，他的身子在棉被下痛苦地耸动："我快死了……我要女人……我要环子！"

陈宝年扬起巴掌又放下了。 他看见儿子的脸上已经开始跳动死亡火焰。 他垂着头逃离小阁楼时还听见狗崽沙哑的喊声：我要环子环环环环。

这年冬天竹匠们经常看见小瞎子背驮重病的狗崽去屋外晒太阳。 他俩穿过一座竹器坊撞开后门，坐在一起晒太阳。正午时分麻油店的小女人环子经常在街上晾晒衣裳。 一根竹竿上飘动着美丽可爱的环子的各种衣裳。 城市也化作蓝旗袍渐渐沥沥洒下环子的水滴。 小女人环子圆月般的脸露出蓝旗袍之外顾盼生风，她咯咯笑着朝他们抖动湿漉漉的蓝旗袍。环子知道竹器店后门坐着两个有病的男人。（我听说小瞎子从十八岁到四十岁一直患有淋病。）她就把她的雨滴风骚地甩给他们。

我对于一九三四年冬天是多么陌生。 我对这年冬天活动在家史中的那些先辈毫无描绘的把握。 听说祖父陈宝年也背着狗崽去晒过太阳。 那么他就和狗崽一起凝望小女人环子晒衣裳了。 这三个人隔着蓝旗袍互相凝望该是什么样的情景，一九三四年冬天的太阳照耀这三个人该是什么样的情景，我知道吗？

而结局却是我知道的。 我知道陈宝年最后对儿子说："狗崽我给你环子，你别死。 我要把环子送到乡下去了。 你只要活下去环子就是你的媳妇了。"陈宝年就是在竹器店后门对狗崽说的。 这天下午狗崽已经奄奄一息。 陈宝年坐在门口，烧了一锅温水，然后把狗崽抱住用锅里的温水洗他的头。 陈宝年一遍遍地给狗崽擦美丽牌香皂，使狗崽头上的狗粪味消失殆尽，发出城市的香味。 我还知道这天下午小女人环子站在她的晾衣竿后面绞扭湿漉漉的蓝旗袍，街上留下一摊淡蓝色的积水。

这么多年来我父亲白天黑夜敞开着我家的木板门，他总是认为我们的亲人正在流浪途中，他敞开着门似乎就是为了迎接亲人的抵达。 家中的干草后来分成了六垛。 他说那最小的一垛是给早夭的哥哥狗崽的，他从来没见过哥哥狗崽，但狗崽的幽魂躺到我家来会不会长得硕大无比呢，父亲说人死后比活着要大得多。 父亲去年进医院之前就在家里分草垛，他对我们说最大的草垛是属于祖母蒋氏和祖父陈宝年的。

我在边上看着父亲给已故的亲人分草垛，分到第六垛时他很犹豫，他捧着那垛干草不知道往哪里放。

"这是给谁的？"我说。

"环子。"父亲说，"环子的干草放在哪儿呢？"

"放在祖父的旁边吧。"我说。

"不。"父亲望着环子的干草。后来他走进他的房间去了。

我看见父亲把环子的干草塞到了他的床底下。

环子这个小女人如今在哪里？我家的干草一样在等待她的到达。她是一个城里女人。她为什么进入了我的枫杨树人的家史？我和父亲都无法诠释。我忘不了的是这垛复杂的干草的意义。你能说得清这垛干草为什么会藏到我父亲的床底下吗？

枫杨树的老人们告诉我环子是在一个下雪的傍晚出现在马桥镇。她的娇小的身子被城里流行的蓝衣裳包得厚厚实实，快乐地跺踏着泥地上的积雪。有一个男人和环子在一起。

那男人戴着狗皮帽和女人的围巾深藏起脸部，只露出一双散淡的眼睛。有人从男人走路的步态上认出他是陈宝年。

这是枫杨树竹匠中最为隐秘的回乡。明明有好多人看见陈宝年和环子坐在一辆独轮车上往家赶，后来却发现回乡的陈宝年在黄昏中消失了。

我祖母蒋氏站在门口看着小女人踩着雪走向陈家祖屋。

环子的蓝旗袍在雪地上泛出强烈的蓝光，刺疼了蒋氏的眼睛。

两个女人在五十年前初次谈话的声音现在清晰地传入我耳中。

"你是谁？"

"我是陈宝年的女人。"

"我是陈宝年的女人，你到底是谁？"

"你这么说我不知道自己是谁了。我怀孕了，是陈宝年的孩子。他把我赶到这里来生。我不想来他就把我骗来了。"

"你有三个月了我一眼就看出来了。"

"你今年生过了吗我带来好多小孩衣裳给你一点吧。"

"我不要你的小孩衣裳你把陈宝年的钱带来了吗？"

"带来了好多钱这些钱上都盖着陈宝年的红印呢你看看。"

"我知道他的钱都盖红印的他今年没给过我钱秋天死了五个孩子了。"

"你让我进屋吧我都快冻死了陈宝年他不想回来。"

"进屋不进屋其实都一样冷是他让你来乡下生孩子的吗？"

（我同时听到了陈宝年在祖屋后面踏雪的脚步声，陈宝年也在听吗？）

环子踏进我家首先看见六股野艾草绳从墙上垂下来缓缓燃烧着，家里缭绕着清苦的草灰味。环子指着草绳说："那是什么？"

"招魂绳。人死了活着的要给死人招魂你不懂吗？"

"死了六个儿女吗？"

"陈宝年也死了。"蒋氏凝视着草绳半晌走到屋角的摇篮边抱起她的婴儿，微笑着对环子说，"只活了一个，其他人都死了。"

活着的婴儿就是我父亲。当小女人环子朝他俯下脸来时城市的气味随之抚摸了他的小脸蛋。婴儿翕动着嘴唇欲哭未哭，一刹那间又绽开了最初的笑容。父亲就是在环子带来的城市气味中学会笑的。他的小手渐渐举起来触摸环子的脸，环子的母性被充分唤醒，她尖叫着颤抖着张开嘴咬住了婴儿的小手，含混不清地说："我多爱孩子我做梦梦见生了个男孩就像你小宝宝啊。"

追忆祖母蒋氏和小女人环子在同一屋顶下的生活是我谱写家史的一个难题。我的五代先祖之后从没有一夫多妻的现象，但是枫杨树乡亲告诉我那两个女人确实在一起度过了一九三四年的冬天。环子的蓝衣裳常洗常晒，在我家祖屋上空飘扬。

他们说怀孕的环子抱着婴儿时期的父亲在枫杨树乡村小路上走，她的蓝棉袍下的腹部已经很重了。环子是一个很爱小孩的城里女人，她还爱村里东一只西一条的家狗野狗，经常把嘴里嚼着的口香糖扔给狗吃。 你不知道环子抱着孩子怀着孩子想到哪里去，她总是在出太阳的时间里徜徉在村子里，走过男人身边时丢下妖媚的笑。 你们看见她渐渐走进幽深的竹园，一边轻拍着婴儿唱歌，一边惶惑地环视冬天的枫杨树乡村。 环子出现在竹园里时，路遇她的乡亲都发现环子酷似我死去的姑祖母凤子。 她们两个被竹叶掩映的表情神态有惊人的相似之处。

凤子和环子是我家中最美丽的两个女人。 可惜她们没有留下一张照片，我无法判断她们是否那么相似。 她们都是我祖父陈宝年羽翼下的丹凤鸟。 一个是陈宝年的亲妹妹，另一个本不是我的族中亲人，她是我祖父陈宝年的女邻居是城里麻油店的老板娘，她到底是不是姑祖母凤子的姐妹鸟？ 我的祖父陈宝年你要的到底是哪只鸟？ 这一切后代们已无从知晓。

我很想潜入祖母蒋氏乱石密布的心田去研究她给环子做的酸菜汤。 环子在我家等待分娩的冬天里，从我祖母蒋氏手里接过了一碗又一碗酸菜汤，一饮而尽。 环子咂着嘴唇对蒋氏说："我太爱喝这汤了。 我现在只能喝这汤了。"蒋氏端着碗凝视环子渐渐隆起的腹部，目光有点呆滞，她不断地重复着说："冬天了，地里野菜也没了，只有做酸菜汤给你吃。"

酸菜腌在一口大缸里。 环子想吃时就把手伸进乌黑的盐水里捞酸菜，抓在手里吃。 有一天环子抓了一把酸菜突然再也咽不下去了，她的眼睛里沁出泪来，猛地把酸菜摔在地上跺脚哭喊起来："这家里为什么只有酸菜啊。"

祖母蒋氏走过来捡起那把酸菜放回大缸里，威严地对环子说："冬天了，只有酸菜给你吃。 你要是不爱吃也不能往地上扔。"

"钱呢，陈宝年的钱呢？"环子说，"给我吃点别的吧。"

"陈宝年的钱没了。 我给陈宝年买了两亩地。 陈家死的人太多连坟地也没有。 人不吃菜能活下去，没有坟地就没有活头了。"

环子在祖母蒋氏古铜般的目光中抱住自己的哭泣的脸。

她感觉到脸上的肌肤已经变黄变粗糙了，这是陈宝年的老家给予她的惩罚。 哭泣的环子第一次想到她这一生的悲剧走向。

她轻轻喊着陈宝年陈宝年你这个坏蛋，重新走向腌酸菜的大缸。 她绝望地抓起一把酸菜往嘴里塞，杏眼圆睁嚼咽那把酸菜直到腹中一阵强烈的反胃。 哇哇巨响。 环子从她的生命深处开始呕吐，吐出一条酸苦的黑色小溪，溅上她的美丽的蓝棉袍。

我知道环子到马桥镇上卖戒指换猪肉的事就发生在那回呕吐之后。 据说那是祖父送给她的一只金方戒，她毫无怜惜之意地把它扔在肉铺柜台上，抓起猪肉离开马桥镇。 那是镇上人第二次看见城里的小女人环子。 都说她瘦得像只猫走起路来仿佛撑不住怀孕三个月的身子。 她提着那块猪肉走在横贯枫杨树的黄泥大道上，路遇年轻男人时仍然不忘她城里女人的媚眼。 我已经多次描摹过黄泥大道上紧接着长出一块石头，那块石头几乎是怀有杀机地绊了环子一下，环子惊叫着怀孕的身体像倒木一样飞了出去。 那块猪肉也飞出去了。环子的这声惊叫响彻暮日下的黄泥大道，悲凉而悠远。 在这一瞬间她似乎意识到从天而降的灾难指向她的腹中胎儿，她倒在荒凉的稻田里，双手捂紧了腹部，但还是迎来了腹部的巨大的疼痛感。 她明确无误地感觉了腹中小生命的流失。她突如其来地变成一个空心女人。 环子坐在地上虚弱而尖厉地哭叫着，她看着自己的身子底下荡漾开一潭红波。 她拼命掏起流散的血水，看见一个长着陈家方脸膛的孩子在她手掌上停留了短暂一瞬，然后轻捷地飞往枫杨树的天空，只是一股青烟。

　　流产后的小女人环子埋在我家的草铺上呜咽了三天三夜。 环子不吃不喝，三天三夜里失却了往日的容颜。 我祖母蒋氏照例把酸菜汤端给环子，站在边上观察痛苦的城里女人。

　　环子枯槁的目光投在酸菜汤里一石激起千层浪。 她似乎从乌黑的汤里发现了不寻常的气味，她觉得腹中的胎儿就是在酸菜汤的浇灌下渐渐流产的，猛然如梦初醒：

　　"大姐，你在酸菜汤里放了什么？"

　　"盐。 怀孩子的要多吃盐。"

"大姐，你在酸菜汤里放了什么把我孩子打掉了？"

"你别说疯话。我知道你到镇上割肉摔掉了孩子。"

环子爬下草铺死死拽住了祖母蒋氏的手，仰望蒋氏不动声色的脸。环子摇晃着蒋氏喊："摔一跤摔不掉三个月的孩子，你到底给我吃什么了你为什么要算计我的孩子啊？"

我祖母蒋氏终于勃然发怒，她把环子推到了草铺上然后又扑上去揪住环子的头发，你这条城里的母狗你这个贱货你凭什么到我家来给陈宝年狗日的生孩子。蒋氏的灰暗的眼睛一半是流泪的另一半却燃起博大的仇恨火焰。她在同环子厮打的过程中断断续续地告诉环子：我不能让你把孩子生下来……我有六个孩子生下来长大了都死了……死在娘胎里比生下来好……我在酸菜汤里放了脏东西，我不告诉你是什么脏东西……你不知道我多么恨你们……

其实这些场面的描写我是应该回避的。我不安地把祖母蒋氏的形象涂抹到这一步，但面对一九三四年的家史我别无选择。我怀念环子的未出生的婴儿，如果他（她）能在我的枫杨树老家出生，我的家族中便多了一个亲人，我和父亲便多了一份思念和等待，千古风流的陈家血脉也将伸出一条支流，那样我的家史是否会更增添丰富的底蕴呢？

环子的消失如同她的出现给我家中留下了一道难愈的伤疤，这伤疤将一直溃烂到发酵漫漫无期，我们将忍痛舔平这道伤疤。

环子离家时掳走了摇篮里的父亲。 她带着陈家的婴儿从枫杨树乡村消失了，她明显地把父亲作为一种补偿带走了。女人也许都这样，失去什么补偿什么。 没有人看见那个掳走陈家婴儿的城里女人，难道环子凭借她的母爱长出了一双翅膀吗？

我祖母蒋氏追踪环子和父亲追了一个冬天。 她的足迹延伸到长江边才停止。 那是她第一次见到长江。 一九三四年冬天的江水浩浩荡荡恍若洪荒时期的开世之流。 江水经千年沉淀的浊黄色像钢铁般势大力沉，撞击着一位乡村妇女的心扉。蒋氏拎着她穿破的第八双草鞋沿江岸踯躅，乱发随风飘舞，情感旋入江水仿佛枯叶飘零。 她向茫茫大江抛入她的第八双草鞋就回头了。 祖母蒋氏心中的世界边缘就是这条大江。

她无法逾越这条大江。

我需要你们关注祖母蒋氏的回程以了解她的人生归宿。

她走过一九三四年漫漫的冬天，走过五百里的城镇乡村，路上已经脱胎换骨。 枫杨树人记得蒋氏回来已经是年末了。 马桥镇上人家都挂了纸红灯迎接一九三五年。 蒋氏两手空空地走过那些红灯，疲惫的脸上有红影子闪闪烁烁的。她身上脚上穿的都是男人的棉衣和鞋子，腰间束了一根草绳。 认识蒋氏的人问："追到孩子了吗？"蒋氏倚着墙竟然朝他们微笑起来："没有。 他们过江了。""过了江就不追了吗？""他们到城里去了，我追不上了。"

祖母蒋氏在一九三五年的前夕走回去，面带微笑渐渐走出我的漫长家史。 她后来站在枫杨树西北坡地上，朝财东陈文治的黑砖楼张望。 这时有一群狗从各个角落跑来，围着蒋氏嗅闻她身上的陌生气息，冬天已过枫杨树的狗已经不认识蒋氏了。 蒋氏挥挥手赶走那群狗，然后她站在坡地上开始朝黑砖楼高喊陈文治的名字。

陈文治被蒋氏喊到楼上，他和蒋氏在夜色中遥遥相望，看见那个女人站在坡地上像一棵竹子摇落纷繁的枝叶。 陈文治预感到这棵竹子会在一九三四年底逃亡，植入他的手心。

"我没有了——你还要我吗——你就用那顶红轿子来抬我吧——"

陈文治家的铁门在蒋氏的喊声中嘎嘎地打开，陈文治领着三个强壮的身份不明的女人抬着一顶红轿子出来，缓缓移向月光下的蒋氏。 那支抬轿队伍是历史上鲜见的，但是我祖母蒋氏确实是坐着这顶红轿子进入陈文治家的。

就这样我得把祖母蒋氏从家史中渐渐抹去。 我父亲对我说他直到现在还不知道她叫什么名字。 他关于母亲的许多记忆也是不确切的，因为一九三四年他还是个婴儿。

但是我们家准备了一垛最大的干草，迎接陈文治家的女人蒋氏再度抵达这里。 父亲说她总会到来的。

祖母蒋氏和小女人环子星月辉映养育了我的父亲，她们都是我的家史里浮现的最出色的母亲形象。 她们或者就是两块不同的陨石，在一九三四年碰撞，撞出的幽蓝火花就是父亲就是我就是我们的儿子孙子。

我们一家现在居住的城市就是当年小女人环子逃亡的终点，这座城市距离我的枫杨树老家有九百里路。 我从十七八岁起就喜欢对这座城市的朋友说："我是外乡人。"

我讲述的其实就是逃亡的故事。 逃亡就是这样早早地发生了，逃亡就是这样早早地开始了。 你等待这个故事的结束时还可以记住我祖父陈宝年的死因。

附：关于陈宝年之死的一条秘闻

一九三四年农历十二月十八夜，陈宝年从城南妓院出来，有人躲在一座木楼顶上向陈宝年倾倒了三盆凉水。陈宝年被袭击后朝他的店铺拼命奔跑，他想跑出一身汗来，但是回到竹器店时浑身结满了冰，就此落下暗病。年底丧命，死前紧握祖传的大头竹刀。陈记竹器店主就此易人。现店主是小瞎子。城南的妓院中漏出消息说，倒那三盆凉水的人就是小瞎子。

我想以祖父陈宝年的死亡给我的家族史献上一只硕大的花篮。 我马上将提起这只花篮走出去，从深夜的街道走过，走过你们的窗户。 你们如果打开窗户，会看到我的影子投在这座城市里，飘飘荡荡。

谁能说出来那是个什么影子？

一

事情似乎缘于孔家门廊上的那些植物和俗称爬山虎的疯狂生长的藤蔓，春天以来孔太太多次要丈夫把讨厌的爬山虎从门廊上除掉，在庭院里种上另一种美丽的茑萝，但酷爱园艺的孔先生对此充耳未闻，他认为以茑萝替代长了多年的老藤是一种愚蠢无知的想法。

我讨厌它们，你没看见那条老藤，爬的都是虫子。孔太太用鸡毛掸子敲着垂下门廊的一条枝蔓，她说，除掉它们，种上一架茑萝，前面罗太太家的门廊种的就是茑萝，你去看看，已经开了许多花了，小小的，红红的，看上去多漂亮。种上茑萝也会有虫子的。孔先生正想去他的牙科诊所，他整理着皮包往门外走，嘴里敷衍着妻子。但孔太太把鸡毛掸子横过来堵住了他的去路。

我不管茑萝有没有虫子，我就要让你换上茑萝，孔太太沉下了脸说，跟你说过多少遍了，你就是把我的话当耳边风；今天别去诊所了，今天你在家给我把这些讨厌的老藤都除掉。

我没工夫，诊所有手术做，改日再说吧。 孔先生的脸色也难看起来，他拨开了挡道的鸡毛掸子，又轻轻地朝妻子推了一把，孔先生一步跳到街道上，回过头来说了一句很恶毒的话，去找你那位花匠吧，让他来干这活儿，你正好一举两得。

孔太太对这句话的反应是失态的，她用力将手里的鸡毛掸子朝孔先生的后背掷去，正要破口大骂的时候，看见几个过路人朝她这边望来，于是强忍住心头的怒火，退回到门廊里，砰地把大门撞上。

初春的午后，散淡的阳光落在孔家的庭院里，花圃中的芍药和四季海棠呈现出一种懒散的美丽，有蜜蜂和蝴蝶在庭院上空嗡嗡地奔忙，在阳光照不到的院墙下面，性喜温湿的凤尾竹和兰草在阴影里郁郁葱葱地生长，即使是这些闲植墙下的植物，它们也被主人修剪得异常整齐悦目。 到过孔家的人都知道，孔家夫妇在梅林路地段是著名的园艺爱好者。

现在孔太太独自坐在庭院里生闷气，那张福建出产的藤椅和它的主人一起发出沉闷的呼吸声。 孔太太大概有四十岁的年纪，脸上未施脂粉，眼角周围依稀可见睡眠不足的痕迹。 她穿着墨绿色的丝绒旗袍，坐在藤椅上腿部不可避免地暴露了许多，虽然还有长筒丝袜，细心的窥视者还是能发现孔太太的小腿肚子未免粗了一些。 在梅林路地段的各种社交场合中，孔太太的小腿肚子是唯一会引起非议的部位。

孔太太独自坐在藤椅上生闷气。 她的膝头放着棒针和一堆灰色的毛线。 那是准备给儿子令丰织一件背心的。 但整个午后孔先生那句话仍然在门廊内外恶毒地回荡，孔太太织毛线的心情在回味和猜忌中丧失殆尽，她想她跟姓徐的花匠到底有什么见不得人的事，什么也没有，真的什么也没有，她不能平白无故地让孔先生抓下一个话柄，孔太太用棒针的针端一下一下地戳自己的手掌，掌心有一种微微的刺痛。 孔太太突然又联想到孔先生近来的种种异常，他已经多日没有过问庭院里的花草了，早晨浇水都让女佣干，而且孔太太发现孔先生换下的内裤上有一处可疑的污渍。 孔太太坐在藤椅上越想越气，她决心用最常见的办法向孔先生还以颜色。 等到决心已定，孔太太就起身往厨房那里走，隔着厨房的窗子对择菜的女佣说，阿春，今天少做点菜，先生晚上不回来。

自鸣钟敲了几个钟点，令丰从外面回来了。 孔太太看见儿子回来，急急地赶上前去把大门关上并且插上了铁质门闩。

为什么插门闩？ 父亲还没回家吧。 令丰看了看他母亲，他注意到她脸上是一种怒气冲冲的表情。

你别管，去客厅吃饭吧。 孔太太开始在铁质门闩上加一把大挂锁，锁好了又晃晃整扇大门，她说，今天不让他回家，他差点没把我气死。 谁也不准给他开门，我倒要看他怎么样。

你们又在闹了。 令丰不屑地笑了笑，然后疾步穿过了庭院，经过三盆仙人掌的时候令丰停留了一会儿，蹲下来摸了摸仙人掌的毛刺，这是令丰每天回家的习惯动作。 仙人掌一直是被孔家夫妇所不齿的热带植物，他们认为这种来自贫民区窗台的植物会破坏整个花圃的格调，但对于园艺素来冷淡的令丰对它却情有独钟。 令丰少年时代就从城北花市上买过第一盆仙人掌，带回家的当天就被孔太太扔到街上去了，令丰又买了第二盆，是一盆还没长出刺的单朵仙人掌，他把它放在自己卧室的窗台上，结果孔太太同样很及时地把它扔出了家中。 那时候令丰十四岁，他不理解母亲为什么对仙人掌如此深恶痛绝，而孔太太也对儿子古怪的拂逆之举大为恼火。 孔太太没想到培养俗气的仙人掌竟然是令丰少年时代的一个梦想，几年以后令丰第一次去电力公司上班，回家时带了三盆仙人掌，令丰对孔太太说，你要是再把我的仙人掌扔掉，我就把你们的月季、海棠全部挖掉。

令丰站在前厅门口换鞋，两只脚互相蹭了一下，两只皮鞋就轻轻飞了出去，一只朝东，一只朝西。 令丰看见饭菜已经端到了桌上，他姐姐令瑶正端坐在饭桌前看书，嘴里含着什么食物忘了嚼咽，腮部便鼓突起来，这使令瑶的脸显得很难看。 令丰走过去挑起令瑶的书的封面，果然不出他所料，还是那本张恨水的《啼笑姻缘》。

一本烂小说，你看了第几遍了？ 令丰说。

令瑶没有抬头，也没有接令丰的话茬。

他们又在闹了，是不是还为门廊上那架老藤？ 令丰绕到令瑶的背后，看令瑶仍然不理睬他，就轻轻拈住令瑶的一根头发，猛地用力一揪，令瑶果然跳了起来，她捂住头发尖叫了一声，顺势朝令丰啐了一口。

令瑶仍然不跟令丰说话。令瑶说起话来伶牙俐齿，但她经常会从早到晚拒绝与人说话，包括她的家人。

你们的脑子全出毛病了。令丰伴叹了一声，他把令瑶的一茎发丝拎高了看看，然后吹一口气把它吹走了。令丰还没有食欲，不想吃饭，他拍打着楼梯栏杆往楼上走，走到朝雨的凉台上。凉台上没有人，也没有晾晒的衣物，孔太太养的两只波斯猫坐在帆布躺椅上面面相觑。令丰赶起了猫斜倚在躺椅上，每天下班回家他都会在凉台上坐一会儿，这也是令丰在家中唯一喜欢的去处。现在几家庭院和庭院外的梅林路以及城市整个西区的景色都袒露在令丰的视线里，黄昏日落，殖民地城市所特有的尖顶和圆顶楼厦被涂抹成梦幻式的淡金色，早晨放飞的鸽群像人一样迎着夕阳纷纷归家，几辆人力车正从梅林路上驶过，车轴的咯吱咯吱的摩擦声和车夫的喘气声清晰地传进令丰的耳朵，令丰还隐约听见哪家邻居的留声机正在放着梅兰芳或者尚小云的唱腔。

孔太太在楼下喊令丰下去吃饭，令丰假装没有听见，他把帆布躺椅端起来换个方向，这样他躺着就可以看见西面的那栋公寓的窗口和凉台。公寓的凉台离令丰最多三十米之距，中间隔了几棵高大的悬铃木和洋槐，正是那些疏密有致的树枝帮助了令丰，使令丰的窥视变得隐秘而无伤大雅。

西面的公寓里住着一群演员，三个男的，五六个女的，令丰知道他们是演电影和话剧的，他曾经在画报上见过其中几个人的照片，男的都很英俊，女的都美丽得光彩照人，而且各有各的风韵。那群演员通常也在黄昏时分聚会，围成一圈坐在凉台上，他们的聚会很热闹，高谈阔论、齐声唱歌或者是男女间的打情骂俏，有时他们会做出一些古怪而出格的举止，令丰曾经看见一个剪短发的女演员攀住一个男演员裤子的皮带，她慢慢地往男演员的裤子里倒了一杯深棕色的液体（大概是咖啡），旁边的人都仰天大笑。那群人有多么快乐。令丰每次窥望西邻时都这么想，他听见他们纯正的国语发音，看见女演员的裙裾和丝袜在落日下闪烁着模糊的光点，令丰觉得他很孤独。

令丰，你怎么还不下来？孔太太又在楼下喊了，你不想吃饭？不想吃就别吃了，我让阿春收桌子了。

令丰懒得跟母亲说话，心情突然变得很烦躁。西邻凉台上的那群演员正在陆续离去，最后一个女演员拎着裙角在桌椅之间旋转了一圈、两圈，做了一个舞蹈动作，然后她的窈窕的身影也从那个凉台上消失了。令丰端起帆布躺椅放回原来的位置，这时候他看见一辆人力车停在门廊外面，他父亲正从车上跳下来，令丰注意到父亲朝后面紧跟着的另一辆车说了句什么，那辆车上坐着一个穿蓝白花缎旗袍的女人。令丰没看清那个女人的脸，因为她像外国女人那样戴了一顶白色的大帽子，帽檐遮住了脸部，而且那辆车很快就从梅林路上驶过去了。

孔先生站在门外开始敲门。

孔太太在第一记敲门声响起的时候就冲出前厅，挡住了通往门廊的路。孔太太挡住了女佣阿春，又挡住了令瑶，她用一种尖厉而刚烈的声音说，不准开门，谁也不准给他开门。孔太太的话似乎是有意说给门外的孔先生听的，她继续高声说，他的心已经不在家里，还回家干什么？回家就是吃饭睡觉，不如去住旅馆呢。孔太太拾起一只玻璃瓶子朝门廊那儿掷去，玻璃瓶子爆裂的声音异常响亮，孔太太自己也被吓了一跳。

孔先生站在门外更加用力地敲门，敲了一会儿仍然没有人来开门，孔先生骂了一句，然后就开始用脚踢门，木门哐当哐当地摇晃起来。

踢吧，你踢吧，孔太太在里面咬牙切齿地说，让左邻右舍看看你在干什么，把门踢倒了你算是厉害，反正我们不会给你开门。

孔先生踢了几脚就不踢了，大概他也害怕让邻居发现他现在的窘境。孔先生朝后退了几步，踮起脚，目光越过门廊上那架惹是生非的爬山虎藤朝家里张望，他看见儿子令丰站在凉台上，孔先生就喊起来，令丰，快下来给我开门。

令丰仍然站在凉台上一动不动，他的表情漠然。令丰看了看庭院里的母亲，又看了看被关在门外的父亲，他说，你们闹吧，我不管你们的事。令丰最后看见父亲的手绝望地滞留在他的嘴边，父亲的表情显得有些古怪。

那时候天色已经渐渐地灰暗了。

谁也说不清孔先生后来是否回来过，女佣阿春半夜里偷偷地起来卸下了门锁，让门虚掩着，她希望孔先生从虚掩之门中回家，而且她相信这是做仆人的最讨好主人的举动，给孔家夫妇一人一个台阶下。阿春没想到自己白费苦心，那天夜里孔先生并没有回家。

他是活该。孔太太蹲在花圃里给一丛黄月季剪枝，她的脸上是一种得胜后的表情。孔太太双手紧握长把花剪，毫不犹豫地剪掉几根月季的横枝，边剪边说，今天我还要把他关在门外，不信我弄不过他。

但是第二天孔先生没有回家。

第三天孔先生仍然没有回家。

女佣阿春连续几夜没敢合眼，她时刻注意门廊那儿的动静，但是孔先生并没有回来敲门。

孔太太在家里终于坐不住了，她叫了辆人力车赶到孔家开设的牙科诊所去。诊所里一切都正常，患有牙疾的人坐在长椅上等待治疗，独独不见孔先生。孔先生的助手方小姐现在替代了孔先生的位置，她用一把镊子在一个男人的嘴里认真地鼓捣着。孔太太对方小姐一向反感，她不想跟方小姐说话，但方小姐眼尖，她把镊子往男人嘴里一撬，插在那里，自己就跑过来跟孔太太说话。

病好了？方小姐亲热地拉住孔太太的手臂，她观察着孔太太的脸色说，孔先生到底医术高明，这么几天就把你的病治好了。

什么病？ 孔太太觉得莫名其妙，她诧异地反问一句，我好好的生什么病了？

我是听孔先生说的，他说你病了，病得不轻，他说他要给你治疗，这一阵他不来诊所了。

孔太太杏目圆睁，盯着方小姐的涂过口红的两片嘴唇，半天说不出话。 过了一会儿她恢复了常态，脸上浮起一丝讥讽的笑意，她问方小姐，他说我得了什么病？

不好说。 方小姐忸怩着观察孔太太的脸部表情和衣着，她说，我看你不像得了那种病的人。

什么像不像的？ 你告诉我，他说我得了什么病？

精神病。 方小姐终于吐出这三个字，又匆忙补充了一句，孔先生大概是开玩笑的。

精神病？ 开玩笑的？ 孔太太重复着方小姐的话，她的矜持而自得的脸突然有点扭曲。 孔太太轻蔑地瞟了瞟方小姐，转过身去想着什么，她看见旁边的工作台上堆满了酒精瓶子和形形色色的金属器械，其中混杂了一只青瓷茶杯，那是孔先生喝茶用的茶杯。 孔太太的一只手下意识地举起来，手里的小羊皮坤包也就举起来，它准确地扫向孔先生的茶杯，工作台上的其他瓶罐杂物也顺势乒乒乓乓地滚落下来。

孔太太冲出牙科诊所时脸色苍白如纸，在人力车上她发现一颗沾血的黄牙恰巧嵌在她的坤包的夹层口上，孔太太差点失声大叫，她把那颗讨厌的黄牙裹进手帕里一齐扔掉，心里厌恶透顶，眼泪在不知不觉中沾湿了双颊。

孔先生失踪了。

令丰看见他母亲和姑妈在前厅里说话，她们好像正在谈论这件事，两个女人都阴沉着脸，令丰不想参与她们的谈话，他想绕过她们悄悄地上楼，但姑妈在后面叫住了他。

令丰，你怎么不想法找找你父亲？

上哪儿去找？我不知道他去哪儿了。令丰低着头说。令丰的手仍然拉着楼梯的扶栏。

你那天怎么不给你父亲开门？姑妈用一种叱责的语气对令丰说，你父亲那么喜欢你，可他喊你开门你却不理他。

她不让我们开门。令丰朝他母亲努努嘴唇，他说，我不管他们的事，我从来不管他们的事。

什么开门不开门的？他要是真想回家，爬墙也爬回来了。孔太太掏出手绢擦了擦眼角，她的眼睑这几天始终是红肿的。孔太太叹了口气说，他的心已经不在家里了，院子里那些花草从不过问，他还到处说我得了精神病，我看这样下去我真的要被他气出精神病来。

令丰这时候忍不住扑哧笑出声来，很快又意识到笑得不合时宜，于是就用手套捂住嘴。

他发现姑妈果然白了他一眼。怎么办呢？夫妻怄气是小事，最要紧的是他的消息，他失踪这么多天，你们居然还都坐在家里。姑妈不满地巡视着前厅里每一个人的脸，然后说，没办法就去报警吧。

不，孔太太突然尖声打断说，报什么警？ 你不怕丢孔家的脸我还怕呢。 什么失踪不失踪的，他肯定是跟哪个女人私奔了。

令丰的一只脚已经踏上了楼梯，他回头看了看母亲，猛地想起那天跟在父亲后面的人力车，那个戴白色大圆帽的陌生女人。 令丰觉得他母亲有时候很愚蠢有时候却是很聪明的。

南方的四月湿润多雨，庭院里所有的花卉草木都在四月蓬勃生长，蔷薇科的花朵半含水意竞相开放，观叶的植物在屋檐墙角勾勒浓浓的绿影碧线。 这是园艺爱好者愉悦而忙碌的季节，对于梅林路的孔家这年四月今非昔比，庭院四周笼罩着灾难性的阴影，孔太太每天在花木和杂草间徘徊着唉声叹气，她养的小波斯猫不谙世事，有一天在兰花盆里随意便溺，孔太太差点用剪刀剪掉它的尾巴。

孔太太心情不好，四月将尽，失踪的孔先生依然杳无音信。

孔太太的惶惑和怨怼开始漫无目的地蔓延，侵袭家里的每一个人。 孔太太怀疑女佣阿春那两天是不是睡死了，或者故意不起来给夜归的孔先生开门。 阿春矢口否认，而且回话中不免带有阴阳怪气的成分，孔太太一下就被激怒了，她端起桌上刚熬好的参汤，连汤带锅全都泼到了阿春身上。

女佣阿春红着眼圈跑到令瑶的房间里诉苦，令瑶还在看张恨水的小说，目光飘飘忽忽地时而对阿春望一望，时而又落在书页上，也不知道她听进去了没有。 女佣阿春诉了半天苦，令瑶突然问，你在说什么？ 最后令瑶总算弄清了阿春的委屈，她就对阿春说，别去理她，让她去发疯好了，她这是自作自受。

其实令瑶自己也未能避免她母亲的责难。 下午令瑶洗过澡把换下的衣服塞给女佣阿春，孔太太在旁边厉声喊起来，阿春，不准洗她的衣服，让她自己动手洗。 令瑶觉得她母亲的火气莫名其妙，低声嘀咕了一句，神经病。 令瑶赌气自己端着盆往井边走，听见她母亲不依不饶地说，都是没良心的货色，从小把他们当奇花异草地养大，宠惯了他们，现在就这样对待父母。

莫名其妙，令瑶站在门边笑了一声，回过头问，你天天骂这个骂那个的，到底要让我们怎么样呢？

你知道该怎么样。 孔太太拍了拍桌子尖声说，那天你为什么不给你父亲开门？ 你知道你要是硬去开门我不会拦你，你为什么就不去给他开门？

莫名其妙，是你不让我们去开门，怪得了别人吗？ 令瑶说完就端着盆走出了前厅，女佣阿春也跟出去了，阿春总是像影子似的跟着她，这种亲昵的关系曾经受到孔太太的多次讥嘲，但她们只把它当成耳边风。

剩下孔太太一个人枯坐在前厅，浊重地喘着气。 天色已经暗下来了，室内的光线是斑斑驳驳的碎片，孔太太的脸看上去也是一团灰白，只有一双曾经美丽的眼睛放射着焦灼而悲愤的光。 孔太太已经一天未进食物了，现在她觉得有点饿，她站起来到厨房里端了一碗藕粉圆子，在角落里慢慢地吃，孔太太不想让谁看见她又进食的事实。 厨房的窗子就对着庭院的水井，孔太太现在在暗处注意着在井边洗衣的令瑶和女佣阿春。 令瑶和阿春的亲密关系让孔太太感到不舒服，虽然这种状态由来已久，但孔太太总是难以接受，她觉得令瑶对阿春居然比对她要亲密得多。

孔太太看见她们蹲在井台上洗衣服，窃窃低语着什么。她猜她们是在议论自己，轻轻走过去把耳朵贴着窗玻璃听，果然就听见了一句，好像是令瑶说的，神经病。 孔太太的心被猛地刺了一下，刚刚培养的食欲立刻就消失了，胃里涌上一股气，它翻滚着似乎要把她的前胸撑碎了。 孔太太放下吃了一半的甜点，眼泪像断线的珍珠淌下来，孔太太就捂着胸跟跄着跑到了前厅，匆匆找了点清凉油涂在额角上，她真的担心自己一口气回不上来，发生什么意外。

孔太太捂着胸坐在前厅里，等儿子令丰回家。 到了该回家的时间令丰却没有回家，孔太太有点坐立不安。 令瑶和阿春洗完衣服回来随手拉了电灯，发现孔太太像胃疼似的在红木椅上扭动着身子。 女佣阿春倒了杯水递过来，试试探探地问，太太是不是不舒服了？

我从来就没有舒服的日子。 孔太太厌恶地推开水杯，她的目光仍然盯着门廊那儿，令丰怎么还没有回家？ 你们知道他为什么不回家？

令丰大概是去打听先生的消息了。 女佣阿春说。

他要是有这份心就好了，只怕又是在电影院里泡着。 孔太太突然佯笑了一声，用一种幸灾乐祸的语气说，好坏也算个圣贤后裔，父子俩身上哪里有什么书卷正气，都是不成器的东西，别人背地里不知道怎么说我们家呢。 正说着令丰从外面回来了，腋下夹了一卷厚厚的纸。 令丰一边换鞋一边朝前厅里的三个女人笑着，看上去令丰今天的心情很好。

你手里夹的什么？ 孔太太朝令丰瞟了一眼。

没什么，是几张电影海报，你们不感兴趣的。

现在这种时候，你还有这份闲心去看电影？ 孔太太说，你也是个大男人了，家里遇上这么大的事，你却袖手旁观，你就不能想法打听一下你父亲的下落？

我怎么袖手旁观了？ 上午我去过报社了，有一个朋友在报社供职，我让他帮忙登一个寻人启事。

谁让你登寻人启事了？ 我跟你们说过多少遍了，这种不光彩的事少往外张扬，别人看到了报纸一猜就猜得到是怎么回事。 孔太太皱紧了眉头，挥手示意女佣阿春退下，等到阿春退出前厅，孔太太换了一种哀婉的眼神看着儿子，泪水一点点地流了出来，很长时间也不说话。

你到底想让我怎么做呢？ 令丰感到有点不安，他似乎害怕接触母亲的目光，扭过脸望着四面的墙壁。 令丰想着刚刚带回家的电影海报，它们是贴在前厅墙上还是贴到他楼上的卧室里？

在一阵沉默过后孔太太终于想出了一个令人意料不到的计策。 去找一个私人侦探，孔太太突然说，你明天就去找一个私人侦探，弄清楚你父亲到底跟哪一个女人跑了，到底跑到什么地方去了。

私人侦探？ 令丰嘻地笑起来，他说，你不是开玩笑吧？

谁有心思跟你开玩笑？ 孔太太厉声喊了一句，马上又意识到什么，于是声音就压低了，我知道凤鸣路上有几个私人侦探，对门李家黄金失窃就是找的他们，陈太太捉她男人的奸也找的他们。 孔太太说，明天你就去凤鸣路，不管花多少钱都要把这事办了，我就不信找不到他的人。

私人侦探那一套我都懂，你请他们找父亲不如找我呢，令丰半真半假地说，我收费比私人侦探低，你付我二百大洋就行了。

孔太太的喉咙里发出一声含糊的呻吟，你早就让我寒心了。 孔太太说着从桌布下抽出一个牛皮信封抓在手中，明天你就带着钱去凤鸣路，她斜睨着儿子，要是这点事也办不了，你也别回家见我了，你们都走光了我也落一个清净。

令丰走过去把牛皮信封揣在西装的暗袋里，手在上面拍了拍。 我明天就去凤鸣路，令丰说，不过你这钱要是扔在水里可别怪我，父亲也不是迷路的小孩，他要是想回家自己会回家，他要是不回你也没法把他拉回家。 令丰发现他的最后几句话有效地刺痛了母亲，孔太太的脸在刹那间呈现了木然和惊惶交杂的神态。 但是这种神态稍纵即逝，孔太太很快就恢复了她的自信，唇边浮起一丝讥讽的笑意。

他不回家是他的事，我怕什么？ 孔太太对令丰说，你说我怕什么？ 家产他带不走，房子他也带不走，他愿意跟哪个下贱货走就走吧，你们都走了我也不怕，好在我养了满园子花草，养了猫，猫和花草都比你们通人性，有它们陪我我也不会闷死。

令丰一时无言以对，他看见母亲的脸在暗淡的灯光下显得苍白可怖，他突然发现她很像前不久上映的一部僵尸片里的女鬼，这个发现使令丰觉得既滑稽又可怕，于是令丰就嘻嘻笑着往楼上走。 而孔太太却不知道儿子为什么突然发笑，她愠怒地盯着儿子细长瘦削的背影，儿子的背影比他父亲年轻也比他父亲优雅，但孔太太却从中看到了同样冷漠、自私和无情无义的细胞。 上梁不正下梁歪，孔太太立刻想起了这句古老的民谚并脱口而出。

二

在霏霏晨雨中令丰来到了凤鸣路，这条狭窄而拥挤的小街对于令丰是陌生的，街道两侧的木楼破陋杂乱，而且似乎都朝一个方向倾斜着，石子路下面大概没有排水道，雨水在路面上积成大大小小的水洼，水洼里漂着垃圾、死鼠甚至人的粪便。 令丰打着一把黑布洋伞，经过水洼时他不得不像歌舞明星一样做出各种跳跃动作，令丰怀疑这种地方是否真的有什么称职的私人侦探，同时也觉得这次雨中之行多少有些荒谬的成分。

猛地看见一座木楼上挂了一块显眼的招牌：小福尔摩斯。私人侦探，承办各类疑难案件。令丰站住了，仰起头朝楼上望，歪斜的楼窗用黑布遮得严严实实的，什么也看不见。令丰想他倒不妨先见见这个小福尔摩斯。令丰就收起雨伞敲门，应声开门的是一个蓬头垢面的老女人。

我找小福尔摩斯。令丰说。

谁？老女人似乎没听清，将耳朵向令丰凑过来，我听不清，你到底要找谁？

我找小福尔摩斯。令丰朝楼板指了指，话没说完自己先笑起来。

你找那个东北房客？他已经欠了我两个月房租了，欠了钱还骂人，他不是个好人。你要是他的熟人，就先替他还了房租吧。

我比他更穷，一分钱也没有。令丰笑着把雨伞倚在门边，绕过老女人的身体往阁楼上走。楼梯上很黑，每走一步楼板就咯吱响一下，令丰掏出打火机点上，举着一点火苗往阁楼上走。一只幼小的动物与令丰逆向而行，嗖地穿过他的双腿之间，估计那是一只老鼠。令丰谨慎地观察四周，他想这地方倒是酷似那些侦探片里的凶杀现场。

阁楼上的竹片门紧闭着，令丰敲门敲了很长时间，里面响起了一个东北人的不耐烦的声音，大清早的谁在敲门？令丰想了想就模仿着东北口音说，我是小华生，是你的好搭档。门被里面的人怒气冲冲地打开了，令丰借着打火机的火焰看清了一张年轻而凶悍的脸。

你是什么人？敢跟我开玩笑？那人伸出手来抓令丰的衣领，大清早的你来搅我睡觉，你是欠揍还是疯了？

不开玩笑。令丰机警地躲开那只手，他退到一边把打火机举高了打量着对方，你就是小福尔摩斯？令丰忍不住又哂笑起来，他说，你有多大了？还不到二十吧？

别管我年龄多大，什么样的案子我都能查。那个东北男孩一边穿裤子一边对令丰说，快说吧，你找我办什么案子？

找一个人，他失踪了。

找人好办，先付三百块定金，我保证一个礼拜之内找到人。

人要是死了呢？

那就把尸体送还给你，一样是一个礼拜之内，收费也一样。

一个活人，一个死人，收费怎么能一样？我看你这个小福尔摩斯没什么道理吧？

你先别管我有没有道理，想办案子就先付三百块定金，付了钱我再陪你说闲话。

钱我带上了，令丰拍了拍西装的口袋，然后他毫不掩饰对东北男孩的蔑视，不过把钱交给你我不放心，交给你还不如交给我自己呢。

　　令丰的一只脚已经退到了竹片门外，另一只脚却被东北男孩踩住了。令丰发现对方的眼睛里射出一种神经质的凶残的白光，令丰有点后悔自己的言行过于轻率了。

　　你他妈的是拿我开心来了？开了心就想溜？东北男孩脚上的木屐像一把锁锁住了令丰的左脚，令丰无法脱身，于是他换了温婉的口气说，好吧，就算我不对，你说你要我怎么办吧？我向你道歉行不行？

　　拿钱来。东北男孩猛然大叫了一声，你他妈的存心搅我的好梦，不办案子也要付钱，付二十块钱来。

　　我看你们东北人是穷疯了，这不是乱敲竹杠吗？令丰低声嘀咕着，他试图把自己的皮鞋从那只木屐下抽出来，但东北男孩的体力明显优于令丰，令丰想他只有自认倒霉了，他一边从西装暗袋里摸钱一边向对方讨价还价，给你十块钱行不行？令丰说，算我倒霉吧，给你十块钱不错了。

　　二十块钱，一块也不能少。东北男孩坚决地摇着头说，我要付房租，还要吃饭，二十块钱哪儿够？

　　你付不起房租吃不到饭也是我的错？令丰哭笑不得，低头看那只可恶的木屐仍然紧紧地踩着自己的新皮鞋，令丰朝天做了个鬼脸，终于把二十块钱响亮地拍到对方手掌上。

　　令丰逃似的跑到楼梯上，回头看见那个自称小福尔摩斯的男孩木然地站在原地不动，令丰就朝着那个黑影高声说，不就二十块吗？就当我给儿子的压岁钱啦。

　　跑到外面的凤鸣路上，看看空中仍然飘着斜斜的雨丝，令丰想起他的雨伞还在那栋破木楼里，就返回去敲门。

喂，把雨伞给我，令丰边敲边喊。

哪来的雨伞？ 老女人躲在门后说。

在门背后放着呢。 令丰又喊。

门背后没有雨伞，老女人仍然不肯开门。

令丰立刻意识到老女人猥琐的动机，他想他今天真是倒了大霉了，碰到的尽是些明抢暗夺的人。 你们这种人穷疯了？ 令丰狠狠地朝门上踹了一脚，他不想为一把伞再和老女人费什么口舌，于是快快地沿着屋檐往凤鸣路深处走，从檐缝漏下的雨水很快打湿了令丰的礼帽和西装衬肩，令丰感到一种陌生而坚硬的冷意。

令丰躲着雨线走了大约一百米，果然看见了王氏兄弟侦探所的招牌，他记得母亲曾提起过这家侦探所，令丰对凤鸣路的私人侦探虽然已不感兴趣，但他想既然路过了就不妨进去看一看。

这家侦探所似乎正规了许多，里面有两间不大不小的办公室，门厅里有布面沙发和电话机。 令丰推开其中一间的门，看见里面一群男女围着一个秃顶男人吵嚷着什么，他没有听清其他人七嘴八舌的内容，只听见秃顶男人高声说，有线索了，告诉你们有线索了，你们还吵什么？ 令丰吐着舌头退出来，他觉得在私人侦探所出现这种乱哄哄的局面简直不可思议，它与令丰看过的侦探电影大相径庭。 令丰又推开另一间办公室的门，这里倒是显得清静，一个时髦而妖冶的女人拖着一条狗向另一个秃顶男人诉说着什么，令丰想原来王氏兄弟都是秃顶，怪不得会有点名。

那个女人正从提包里掏着什么，掏出来的东西用手帕包裹着，上面有星星点点的血迹，女人小心翼翼地打开手帕，说，就是这只耳朵，你看那个凶手有多狠心。令丰果然看见一只血淋淋的耳朵，由于隔得远，他无法判定那是人的耳朵还是动物的，令丰怀着好奇心悄悄走进去，在椅子上坐下，专注地听着他们的谈话。

我去过警察局了，他们不管这事，女人重新抱起膝盖上的狗，愤愤地说，警察局的人都是吃饭不管事的蠢猪。

秃顶侦探用镊子夹起那片耳朵审视了一番，是新的刀伤，他皱着眉头说，你能不能给我看看它的伤口？

不行，别再弄疼它了。它已经够可怜的了。女人突然把狗紧紧地抱住，用嘴唇亲亲狗的白色皮毛，我的宝贝，我不能再让它受苦了，女人声音猛地又悲愤起来，你一定要帮我查到凶手，到底是谁害了我的宝贝？

令丰现在弄清了这件案子的内容，忍不住嘻地笑了一声，这时候他看见了女人怀里的那条鬈毛狗，狗的右耳部位缚着白纱布，就像一个受伤的人。

这位先生请到外面等一会儿。秃顶侦探向令丰很有礼貌地点了点头。

我走，这就走。令丰连忙站起来朝外面走，因为欲笑不能他的脸看上去很滑稽。令丰刚刚跨出门槛，就听见后面的女人离开椅子追了上来，女人说，喂，你不是梅林路孔家的二少爷吗？

不，令丰站住了，端详着那个抱狗的女人，对不起，我好像不认识你。

我是你母亲的姨表妹呀，女人亲昵地拍了拍令丰的肩膀，几年没见，你都成了个风度翩翩的美男子了，跟你父亲长得一模一样。

对不起，我真的不记得你。令丰有点惶恐地盯着女人涂满脂粉的脸和猩红的嘴唇，他不知道该如何应酬这个陌生的女亲戚。

你怎么也上这儿来了？是不是你家的狗也被人割了耳朵？

不，我不是为了狗。令丰边说边退，但他发现女亲戚过于丰满的身体正向他穷追不舍地靠拢、逼近。

不为狗？为人？女亲戚的眼睛闪闪发亮，你家出什么事了？

没出什么事，我只是随便到这里玩玩。令丰嗫嚅道。

到这里玩？不会的，你肯定在骗我。

真的只是玩玩，我真的只是想见识一下私人侦探什么样子。

你母亲好吗？她没事吧？

她很好，气色比你好多了。

那么你父亲呢，他也好吗？

他也好，两只耳朵都还长在脑袋上。

我听说你父亲跟一个女戏子好上了，是不是真的？

我不知道，你去问他自己好了，令丰已经无法忍受女亲戚不怀好意的饶舌，终于不顾礼仪地夺路而走。走到王氏兄弟侦探所门外的石阶上，令丰不由得喘了一口粗气，他听见那个女亲戚在里面气咻咻地骂道，什么狗屁圣人后代，一点礼貌教养都没有。

外面的雨已经变得很细很疏了，太阳在肥皂厂的烟囱后面泛出一圈淡淡的橙红色，凤鸣路一带的空气里飘浮着一种腐烂的蔬果气味。令丰尽量绕着地面的积水走，但新买的皮鞋仍然不可避免地溅上泥浆；有人在露天厕所旁哗哗地刷洗马桶，雨后的空气因而更加复杂难闻了。令丰一手掩鼻一手提着裤管走，脑子里不时浮现出那只血淋淋的狗耳朵，他觉得在私人侦探所里的所见所闻既令人厌恶又荒唐可笑，不管怎样，令丰决定再也不来这条烂街了。

出了凤鸣路好远，令丰才看到第一辆黄包车，人就获救似的跳上去，车夫问他去哪里，令丰考虑了一下说，电影院，先去美丽华电影院吧。令丰记得昨天晚报的电影预告里美丽华正在放卓别林的《摩登时代》，这部片子他已经看过两遍，现在他要看第三遍。令丰知道自己对卓别林的迷恋是疯狂的，令丰在电影院或者在家中的床上，经常幻想自己是卓别林，幻想自己在银幕上逗全世界发笑，他清楚那只是幻想而已，但对于令丰来说那确实是一件美好的事情。

春雨初歇的街道上行人稀少，黄包车被年轻力壮的车夫拉得飞快，经过耶稣堂边的一条弄堂时，令丰想起他的小学同窗谈小姐就住在这条弄堂里，令丰灵机一动，约一个女孩同坐毕竟比独自一个看电影要浪漫一些，于是他让车夫把黄包车停在弄堂口稍等片刻，令丰想试试自己是否有足够的魅力，可以临时把一个女孩从家里约出来。

谈小姐家的窗口对着街道，令丰在楼下喊了一声谈小姐的名字，对方居然应声推开了楼窗，令丰仰首看见一个微胖的烫发的女孩倚窗而立，她的表情看上去既惊又喜，孔令丰，是你喊我吗？

肯赏光陪我去看电影吗？

看电影？什么电影呀？谈小姐莞尔一笑，一只手绞着花布窗帘，孔令丰，你上楼来说话好了。

不上楼了，肯赏光你就下来，黄包车在弄堂口等着呢。

楼上的谈小姐怙恈着朝下面张望了一番，终于说，我跟我母亲商量一下，你等一会儿。

令丰在外面等了足足有一刻钟之久，无聊地数着路面上铺的青石条，心里不免有些恼火，他想谈小姐论出身论容貌都无法与己匹敌，何必要像电影里的贵妇人一样姗姗来迟。好不容易看见谈小姐从石库门里出来，门后有张女人的脸诡秘地一闪而过，令丰猜那是谈小姐的母亲，他觉得这种举动庸俗而可笑，不过是一起去看个电影，何必躲在门后偷看？令丰想我并没打算做你家的女婿，一切不过是礼拜天的消遣而已。　谈小姐似乎匆匆地梳妆过了，眉毛和眼睛都画得很黑，穿了件腰身嫌紧的旗袍，胸部和臀部显得异乎寻常地硕大，令丰忍住了批评她服饰打扮的欲望，他知道所有女人都不喜欢这方面的批评。　两个人相视一笑，隔了双拳之距朝弄堂口走，互相都意识到此情此景有点突如其来的怪味。

孔令丰，怎么突然想起我来了？　谈小姐跨上黄包车时终于说了她想说的话，她用手绢在嘴唇线四周小心地擦拭着，短促地笑了一声，我们又有半年没见面了，上回见面还是在校友会上吧？　谈小姐瞟了眼令丰说，亏你还知道我家的住址。

这两天闷得厉害，特别想看电影。　令丰朝街道两侧随意观望着，听见自己懒散的回答不太得体，马上又改口道，我出来办点事，路过这里来看看你，不是很正常的事吗？

你够忙的，礼拜天也在外面忙。　忙什么呢？

私事。　是我父亲的事，不，应该说是我母亲吩咐的事。

忙完了就找个女孩陪你看电影，你过得还是这么舒心。

事情还没个眉目呢，先搁一边吧，我不喜欢操心我家里的事。　我喜欢电影和戏剧，你喜欢吗？　喜欢卓别林吗？

我喜欢胡蝶，谈小姐忽然来了兴致，以手托腮想了想，我还喜欢袁美云，不过她的眼睛小了一点。

他们不是一回事。　令丰敏感地意识到谈小姐的回答其实驴唇不对马嘴，她对电影的见解明显流于世俗。　令丰对谈小姐感到失望，一下又无话可说了。

黄包车穿越了城市繁华的中心，在雨后出门的人群中绕来拐去地走，令丰的腿和胳膊不时和谈小姐发生接触，他发现谈小姐的脸上隐隐泛出酡红，目光也有点躲躲闪闪的，令丰心里暗暗好笑，毕竟是个没见过世面的小家碧玉，就那么碰几下也值得脸红吗？

谈小姐等着令丰开口说话，但令丰只是心不在焉地观望着街景，谈小姐就只好没话找话说了。

我母亲想拔两颗牙，谈小姐说，我知道你父亲是最好的牙医，能不能让我母亲去找你父亲拔牙？

行，不，不行，令丰的目光从街景和路人中匆匆收回，那句话脱口而出，我父亲失踪了。

失踪？为什么失踪？谈小姐惊愕地追问。

令丰发现自己已经违背了母亲的意愿，他居然轻易地把一个秘密泄露给谈小姐了，令丰有些懊悔，但转而一想这也不是什么大不了的事。

没什么，令丰对谈小姐懒懒地说，他们吵架，他没回家，然后他就失踪了。

人都失踪了你还说没什么，你不去找他吗？

要是找得到也不叫失踪了。这种事情着急没用，谁也不能确定他为什么失踪，电影里的悬念就是这样，所以你着急也没用，必须看到结尾才知道是怎么回事。

你父亲都失踪了，你却还在说电影里的东西，你还要去电影院？谈小姐的目光直直地滞留在令丰脸上，企盼他对她的疑惑做出解释。她发现令丰不以为然地把脑袋枕在车篷上，忍不住朝他推了一下，谈小姐说，孔令丰，天下没有你这样的铁石心肠，哪里有你这样的铁石心肠？

咦，你何必大惊小怪的？令丰朝谈小姐讥讽地咂着舌尖，他说，是我父亲失踪，又不是你父亲失踪，我不着急你着什么急？

谈小姐一时无话可说，令丰冷眼看着她僵坐的姿态和脸上的表情。令丰觉得谈小姐的脸现在暴露出愚昧和呆傻的本性，他因此更加轻视她了，早知道谈小姐是这么无趣无味，还不如另外约一个女孩。

两个人别别扭扭地进了电影院，里面黑漆漆的，片子已经开始了。令丰熟门熟路带着谈小姐找到座位，突然发现两个人的座号虽然连着，中间却恰恰隔了一条过道。谈小姐在黑暗中站着，似乎在等待令丰换座或做出适宜的安排，但令丰已经急迫地在过道那一侧坐下，脑袋向银幕自然地倾抬起来。银幕上的卓别林头戴高顶礼帽，手持文明棍，脚蹬大皮鞋，像一只瘦小而精致的鸭子在黑暗中浮游。令丰发出一阵被克制过的咯咯的笑声，他伸出手指了指谈小姐，大概是示意她在过道那一侧坐下来。

谈小姐只好掂起旗袍角坐下，嘴里不自觉地漏出一句流行的市井俚语，十三点，但她没让过道另一侧的令丰听到。

电影放过一半，令丰朝谈小姐的座位望望，人已经不见了，谈小姐什么时候走的他居然毫无察觉。令丰隐隐地感到不安，谈小姐明显是被他气走的，他也不知道自己是怎么回事，常常会把好事弄糟了，想做绅士却缺乏绅士的风范和耐心。 令丰在黑暗中效仿银幕上的卓别林，耸肩，踢鞋，做啼笑皆非的表情，心情便轻松了许多，转念一想，女人天生就是心胸狭窄、喜怒无常的，即使是小家碧玉的谈小姐也莫不如此，随她去吧。

美丽华电影院离梅林路只隔了两个街区，令丰从电影院出来后决定步行回家，这样他可以在沿途的书报摊上从容地挑拣一些电影杂志和街头小报。 令丰在闹市地段芜杂的人流里走着，身板笔挺，脚步富有弹性，他很注意从商店橱窗里反映出来的自己的形象，并且思考着自己与那些银幕偶像的异同之处。 令丰觉得本地女性崇拜的赵丹、金焰和高占非们不足为奇，真正伟大的是以鸭步行走的卓别林，然后令丰设想着自己与卓别林的差歧，他现在有一种以鸭步行走的欲望，但他知道自己不会也不能这样在人流里行走，这使令丰感到一丝言语不清的忧伤，电影里的世界离他毕竟太遥远了。

整整一天令丰在外面晃荡着，一事无成，他知道回家后难以向母亲交代，可是谁能知道父亲究竟跑到哪里去了？ 谁又能说清楚父亲的失踪与令丰本人有什么相干？ 令丰在书摊上买了几份画报杂志，站在路边随意地浏览着，晚报上的一则影剧广告引起了他的注意。

新潮剧社最新献演

《棠棣之花》

领衔主演：白翎 沈默 陈蓓 杨非

　　广告下面男女主角的照片很醒目，令丰一眼就认出他们是他家西邻公寓里的两个演员。名叫白翎的就是那个剪短发的美丽活泼的女孩，令丰记得她曾经拿一杯咖啡往男演员的裤子里灌。令丰抓着晚报感到一种莫名的兴奋，他从来没有观看过那群邻居的演出，他想他一定要看一看他们在台上会是什么样子，尤其是那个名叫白翎的女孩，他对她始终怀有某种隐秘的好感。

　　暮色初降，街道两侧的酒楼店铺已经有霓虹灯闪闪烁烁，小贩们在街角叫卖瓜果炒货，过路人的脚步随天色变得匆匆忙忙。令丰从清泉大浴室边的弄堂拐进去，想抄近路回家吃晚饭，走了一段路他改变了主意。令丰想与其在饭桌上受母亲没完没了的盘问，不如在外面吃了，于是令丰折回来走进一家西餐社。他在临窗的座位上坐下时，对面电信局的顶楼大钟敲了六下，离新潮剧社演出还有一个半钟头，令丰正好可以享受一顿正宗的法式大餐，他觉得自己对这个礼拜天的安排几乎丝丝入扣。

　　台上的那出戏并不怎么精彩，而且名叫白翎的女演员的声音尖厉而平板，冗长乏味的台词让人无法感动。令丰架着腿，把肩部斜倚在简陋的木排椅上，审视着舞台上的每一个人物，令丰听见自己内心的声音，不如让我来演，你们滚下台去，让我来演肯定比你们好。

令丰现在置身于一个偏僻街区的简陋的剧场，估计原先是那些外地小戏班子的演出场所，场内什么设施也没有，几盏白炽灯照着台上那群演员，他们始终扯着嗓子喊每一句台词，脸上汗水涔涔，令丰想所谓的新潮剧社原来是这么回事。木排椅上的观众稀稀落落，大多是从学校搭电车来的学生，令丰在看戏过程中始终闻见一股不洁净的鞋袜的臭味，这使他觉得很不适应。

台上的演员终于依次谢幕，令丰跑出去从卖花女那里买了一束红月季花，绕到后台去。他看见名叫白翎的女演员正对着一面镜子，用纸巾狠狠地擦着脸上的粉妆，她的样子看上去像正在生谁的气。令丰穿过后台杂乱的人堆，径直走上去把花束放在白翎面前。

别给我送花，我演砸了。我知道你们都在嘲笑我。女演员把花往桌边一推，侧过脸望着令丰，她的眼睛里还噙着伤心的泪水，你是给我捧场的？她想了想，又问，你是不是觉得我演得好？

你比别人演得好。令丰含笑说道。

是真话还是捧场？

真话。我看戏是行家。令丰说，不骗你，我这方面真的是行家。

你也喜欢演剧吗？

喜欢。 我要是上台肯定比他们演得好。

那你就来演吧，我们最缺的就是男演员。 女演员白翎的眼睛闪过喜悦的光，她突然背过身向一个戴鸭舌帽的男子喊起来，导演，你要的男主角来了。

戴鸭舌帽的男子从一把梯子上跳下来，跑过来跟令丰握手，他一边用力捏紧令丰的手一边审视着他的全身上下。 你的外形条件很好，导演把半截铅笔咬在嘴里，两只手在令丰身上随意摸了几下，可是我怎么觉得你像个光玩不做事的人，导演皱着眉头问，没演过戏吧？

没演过，但演一场就会了，这对我很容易。

你家里很有钱吧？

有，有点钱。 令丰对这个问题摸不着头脑，他说，你这是什么意思？

有钱就行，我们剧社现在最需要的是钱，谁能出钱租剧场谁就当男主角。 导演拍拍令丰的肩膀说，我发现你是块明星的料子，就这么定了吧，你筹钱再租十天剧场，来当我们的男主角。

是这么回事，令丰若有所思地点了点头，他朝旁边的女演员们环视了一圈，然后严肃地说，我要演的话得换个好剧场，我不在这种地方演戏。

换个好剧场起码要花两倍的租费，这笔钱上哪儿去弄呢？

钱不成问题，我自然会有办法。 剩下的问题是我怎么参加你们的剧社，什么时候开始排练呢？

你搬到我们公寓来吧，多一个人多一份热闹，一起住着你也能尽快熟悉剧情和台词。

这是个办法，令丰突然想起什么，又说，你们公寓里有盥洗间吧？

有一间，公用的，男女共用的。

房间怎么样？　是单人间吧？

是单人间，不过要住四个人，当然是男的跟男的住。　导演盯着令丰的眼睛看，突然哈哈大笑起来，与此同时后台的所有人几乎都从各个角度注视着这位不速之客。

令丰的脸微微涨红着，他想掩饰这种突如其来的局促的表现，身体倏而就松弛下来，他第一次在众目睽睽之下表演了他模仿卓别林的才能，原地转圈，帽子朝上面升，裤腿往两侧抻，双脚并成一条横线，往前走，头向左面张望，再往前走，头向右侧张望。　令丰朝女演员白翎那里走过去，他听见她的咯咯的孩童式的笑声，但是让令丰失望的是其他人毫无反应，女演员白翎的笑声因而显得刺耳和夸张。

令丰和新潮剧社的人一起吃了夜宵，然后才分手。　他没有向他们透露双方是近邻这个巧合，他不想让他们知道他经常悄悄偷窥他们的生活，否则这件事情就变得没有意思了。

令丰像一只夜猫钻回家，走过庭院的时候他留意看了看他的三盆仙人掌，他发现仙人掌在冷月清光下的剪影酷似三个小巧精致的人形怪兽，令丰冷不防被它们吓了一跳。　然后他疾步走向前厅，脱下了皮鞋，隔着纱帘他看见了里面的灯光，看见母亲正端坐在灯下喝茶，令丰心里咯噔一下，很明显她在等他回来。

这么晚回家，是不是已经打听到你父亲的消息了？ 孔太太站起来，也许是对令丰的行踪估计不足，她的表情并不像往日一样暴怒。

打听到了一点。 令丰下意识地说，从早晨到现在，我一直在外面跑，他们说父亲十有八九是跑到外埠去了。

你找私人侦探了吗？ 侦探怎么说？

找了。 他们都想接这个案子，但收费一个比一个高。令丰定下神来在沙发上躺下，他侧过脸朝孔太太瞥了一眼，两百块钱根本不够。

他们想要多少？

人要慢慢找着看，费用也要花着看，令丰顿了顿说，你明天先给我四百块吧，我可以让他们卖力一点去找人，钱多好办事。

孔太太审视着令丰的表情，她说，怎么会要那么多钱？你肯定花冤枉钱了。

你天天在家养花种草的，外面的行情你不懂，要不然你自己去凤鸣路打听打听，又想要人又怕花钱怎么行？ 你如果怕我多花钱我就撒手不管了，你自己去办这事吧。

令丰说完就从沙发上跳起来，他发现自己的西装衣袖上染了一块红斑，像是胭脂，估计是在后台的演员堆里不小心弄脏的，令丰唯恐母亲注意到他的衣袖，匆忙脱下西装卷在手里，往楼上走。 他看见令瑶和女佣阿春都披衣站在楼梯口，满脸狐疑地等他上楼，令瑶说，怎么弄到现在才回来？令丰没好气地朝她们挥挥手，睡你们的觉去，别都来审问我，难道我是在外面玩吗？ 这时候他们听见楼下的孔太太突然怒声喊道，光知道花钱，什么事也办不了，到时候落个人财两空，等着别人笑话孔家吧。

令丰充耳未闻，他想着西装衣袖上的那块红斑，怎样才能秘密有效地把它洗掉？ 他走进自己的房间迅速地撞上门，把急于探听孔先生消息的令瑶和女佣关在门外。 令丰坐在床上对着那块衣袖上的红斑发愁，倏忽又想到西邻公寓里的那群演员，他们现在在干什么？ 想到自己即将和他们同台演戏，令丰感到新鲜而有趣，似乎看见他多年来日复一日的沉闷生活出现了一个灿烂的缺口。

在新潮剧社那群人的再三鼓动下，令丰决定搬到他们的公寓去住。 令丰下此决心的重要原因在于女演员白翎，他已经被她火辣辣的眼神和妩媚的笑容彻底倾倒，对于令丰来说这也是超出以往交际经验的一次艳遇，他居然如此快速地动情于一个来自北方的爱吃蒜头的女孩。

有人在庐山牯岭看见了父亲。 令丰一边收拾行李一边从容地对孔太太编造着理由，他深知这也是唯一的事半功倍的理由，我得去堵他，令丰说，搭今天的快班船走，必须在庐山堵住他，否则等他去了上游人就不容易找了。

庐山？ 孔太太半信半疑地绕着令丰转，看见他和谁在一起了吗？

一个女人，他们说是一个女人。

废话，当然是一个女人，我在问你，到底是哪一个下贱女人？

他们说是一个唱绍兴戏的戏子，对了，他们说她戴了一顶白色的圆帽，很漂亮也很时髦。

这时候孔太太听得全神贯注，令丰看见他母亲眼睛有一簇火花倏地一亮，然后孔太太鼻孔里不屑地哼了一声，她说，我就猜到他勾搭上一个烂货，王蝶珠这种烂货，他居然跟她私奔了。

令丰不认识王蝶珠，孔太太脸上的猜破谜底的神情使他感到可笑。 王蝶珠，令丰用一种夸张的声音念出这个名字，他想笑却不忍再笑，一句即兴编造的谎话已经使精明过人的母亲信以为真，这只是偶然的巧合，令丰心里隐隐地替母亲感到难过。

你去庐山几天？ 孔太太定下神来问道。

说不准。 找到人就回来，我就是死拽硬拖也要把他弄回来。

你不会是自己去庐山玩吧？

怎么会呢？ 你把我当什么人了？ 令丰抓起牙刷在桌上笃笃地敲，嘴里高声抗议着，你要是不相信我我就不去了，是你跟他在闹，关我什么事？

孔太太悲怨地看着儿子，没再盘问。 过了一会儿母子俩的话题自然地涉及去庐山寻人的盘缠和费用上来，令丰当仁不让地跟孔太太讨价还价，最后争取到了六百块钱。 令丰拿过钱往皮箱里一扔，心里暗想这笔钱恰恰与他允诺导演的租场费相符，事情的前前后后确实太巧了。

与来自北平城的女演员白翎天天形影不离，令丰的国语有了长足的进步，这一点也印证了新潮剧社的人对他的评价：天生一块演员料子。 不仅是说话的方式，令丰觉得他的整个生活发生了某种全新的变化，现在他摆脱了种满花草却令人厌烦的家宅，也逃避了公司职员琐碎乏味的事务，他秘密地来往于梅林路的演员公寓和市中心的剧院之间，每天像一头麋鹿一样轻盈而疾速地从孔家门前溜过，这种秘密而刺激的生活使令丰如入梦幻之境，也给他带来一份意料之外的喜悦。

令丰从演员公寓走廊的大镜子里发现自己变瘦了，瘦削的脸部看来比以前增添了几分英气和潇洒，令丰对此感到满意，无疑别人也对令丰的一切感到满意。 女演员白翎在与令丰对台词的时候，常常不避众人地目送秋波。 令丰预感到他们的关系很快会突破艺人圈打情骂俏的程序而发生什么，果然他的预感就被女演员白翎的一句悄悄话兑现了。

去盥洗间对台词。 女演员白翎凑到他耳旁说了一句悄悄话。

令丰会意地一笑，他想装得不在乎，但是面颊却不争气地发烫了，身体绷得很紧。

　　怎么你不敢去？　女演员白翎的目光灼热逼人，她的一只脚从桌子底下伸过来在令丰的皮鞋上用力碾了一下。

　　去就去。　令丰微笑着说。

　　他们一先一后穿过剧社同人朝外面走，令丰在盥洗间门口迟疑的时候，听见后面传来几声别有用心的鼓掌声，他有点害怕这件事情的戏剧色彩，但是女演员白翎已经在盥洗间里了，他必须跟进去，不管他怎么想他决不让别人笑话他只是个自吹自擂的风月场中的老手。

　　女演员白翎的热烈和浪漫使令丰大吃一惊，她用双手撑着抽水马桶肮脏的垫圈，弯下腰，呢裙子已经撩到了背上。把门插上，她侧过脸命令令丰，令丰顺从地插上门，但他的手有点发颤，甚至呼吸也变得艰难起来。令丰倚着门，满脸通红地瞪着女演员白翎所暴露的部位，嘴里发出一种尴尬的短促的笑声。你笑什么？你还在等什么？女演员白翎用手拍着马桶垫圈。令丰呢喃着垂下头，这有点太、太、太那个了。你不敢来？女演员白翎猛地站起来放下裙子，轻蔑地瞄了令丰一眼，看来你有病，有钱人家的少爷都这样，嘴上浪漫，其实都是有病的废物。

　　令丰窘得无地自容，但他死死地把住盥洗间的门不让对方出去。令丰低垂的头突然昂起来，并且慢慢地逼近女演员白翎的胸部。谁说我不敢？谁说我有病？令丰抓住女演员的双肩慢慢地往下压，他的冲动在这个过程中从天而降。盥洗间里弥漫着便纸的酸臭和一丝淡淡的蒜味，四面墙壁布满了水渍和蜘蛛网，令丰的眼神终于迷离起来，在狂热的喘息声中他恍惚看见一顶巨大的白色圆帽，看见失踪多日的父亲和那顶白色圆帽在一片虚幻的美景里飘浮不定。

与女演员白翎两情缱绻后的那些清晨，令丰独自来到公寓的凉台，从此处透过几棵悬铃木浓密的树荫，同样可以窥视孔家庭院里的动静，只是现在的窥视已经变化了角度和对象，令丰觉得这种变化奇特而不可思议。

为了以防万一，令丰向导演借了副墨镜，他总是戴着墨镜在凉台上窥望自己的家。 呈现在墨镜中的孔家庭院晦暗而沉寂，令丰看见女佣阿春在水井边洗洗毛线，看见姐姐令瑶坐在西窗边读书，看见母亲穿着睡衣提着花洒给她心爱的月季浇水施肥，这幕家庭晨景一如既往，动荡的阴云遮蔽的只是它一半的天空。 令丰想起父亲暧昧的失踪，想起自己是如何利用父亲欺骗了母亲，终于尝试了崭新的富有魅力的演艺生活，令丰觉得恍若在梦中，恍若在银幕和舞台中，一切都显得离奇而令人发笑。

女佣阿春后来津津乐道于她首先识破令丰的大骗局。 有一天为了置办孔太太喜欢的什锦甜羹的原料，女佣阿春一直跑到市中心的南北货店铺，当她买完货经过旁边的一家剧院时，恰巧看见令丰和一个浓妆艳抹的女人从黄包车里钻出来。 女佣阿春怀疑自己看花眼了，追上去朝令丰喊了一声少爷，令丰下意识地回过头，虽然他很快就挽着那女人闪进剧院里去，女佣阿春还是可以断定那就是令丰，令丰没去庐山或者从庐山回来却没有回家。

女佣阿春先把这事告诉了令瑶，令瑶不相信，而且她怀疑素来迷信的阿春又在装神弄鬼。 女佣阿春就去禀告孔太太，孔太太的反应正是她所希望的。 看来令丰真的把我骗了，孔太太用一种绝望而愤怒的目光望着桌上摊开的一张报纸，报纸上的一则花边新闻登载了越剧名旦王蝶珠昨日晕倒于戏台的消息，它也证明了令丰说话中的漏洞，现在孔太太确信她被亲生儿子骗了一场。

孔太太立刻带着女佣阿春出门。 主仆二人心急火燎地找到那家剧院，闯进去看见的是一群陌生的正在打情骂俏的男女，好像是在排戏。 孔太太不屑于与这帮混江湖的演员交谈，她冷静地环顾着剧院里的每一个人，不见令丰的人影，孔太太的目光停留在女演员白翎的脸上，出于女人或者母亲的敏感，她从那个女演员的身上嗅出了儿子残留的气息。 经过一番矜持而充满敌意的目光交战，孔太太款款地走到女演员身边。 她说，请你转告孔令丰，我已经跟他断绝母子关系，他永远别再踏进我的家门。

孔太太带着女佣阿春昂首挺胸地走出剧院，听见里面传出一阵粗俗的起哄的声音，孔太太的眼里已经贮满了愤怒和屈辱的泪水。 在那家素负盛名的剧院门口，孔太太看见了《棠棣之花》的新海报，她看见了儿子的名字和照片喜气洋洋地占据着海报一角。 孔太太立刻风像风中杨柳一样左右摇摆起来，女佣阿春眼疾手快扶住了女主人，她听见女主人的鼻孔里发出持续的含义不明的冷笑。 过了好久孔太太才恢复了矜持的雍容华贵的仪态，她甩开女佣阿春的手，从手袋里取出藿香正气丸吞下，然后她咽了口唾沫说，你看我嫁的是什么男人，养了个什么儿子，他们想走就走吧，全走光了我也不怕。 女佣阿春就赔着笑脸安慰她道，不会都走光的，太太别伤心了，令瑶小姐不还在家陪你吗？ 孔太太径自朝黄包车走去，边走边说，什么狗屁圣贤后代，指望他们还不如指望小狗小猫呢。

在返回梅林路的途中，孔太太始终以丝帕掩面，情绪很不稳定，时而低声啜泣，时而怨诉她的不幸，时而咒骂令丰的不孝和丈夫的不忠。 快到家的时候孔太太终于感到疲倦，抬起红肿的眼睛望望天空，天空呈现出一种灰蒙蒙的水意，积雨云在西方隐隐游动，快要下雨了。 孔太太突然想起庭院里插植不久的香水月季，它们正需要一场平缓的雨水，孔太太想这个春天对于她的花草倒是一个美好的季节。

令丰躲在戏台的帷幕后面亲耳听见了母亲最后的通牒，说这番话未免太绝情了，令丰想，何必要弄得大家下不来台？ 但是令丰深谙母亲的禀性为人，他知道她说得出也做得出，为此令丰只好取消了原来的计划，本来他是想回家与母亲继续周旋的，因为他已经向剧社的人夸下海口，回去一趟再弄一笔钱来，以解决新潮剧社到外埠演出的旅费。

现在一切都被戳穿了，令丰从帷幕后面出来时脸色苍白如纸。 善解人意的演员们围住令丰七嘴八舌地安慰他，导演表示他还可以从别的途径弄到那笔旅费。 令丰觉得他们的安慰其实是多余的，他并非为母亲的残酷通牒而难过，他耿耿于怀的是她当着这群人的面拆了他的台，使他斯文扫地。 从这一点来说，令丰认为母亲的罪过已远远大于他玩弄的计谋，他决不原谅这个讨厌而可恶的女人。

整个下午令丰沉浸在一种沮丧的情绪中，导演很焦急，他认为这会影响令丰当天晚上的首次登台的效果，他把其他演员都遣散了，留下女演员白翎陪着令丰，于是偌大的剧场里只剩下《棠棣之花》的新任男女主角，女主角后来就坐到男主角的腿上，和他说着剧情以外的一些事情。

听说你父亲失踪了？ 是跟哪个女演员私奔了？ 女主角突然问。

失踪？ 焦躁不安的令丰恍若梦醒，对，我父亲失踪了。

现在怎么办呢？ 女主角又问。

怎么办？ 我跟你们去外埠演出。 令丰答非所问。

我是说你父亲，你不想法找找他？

找过了，没找到，反正我是没本事找他了。 令丰像好莱坞演员一样耸了耸肩，然后他说，我家里还有个姐姐，我走了她就脱不了干系了，我母亲会逼着她去找父亲的。

这天晚上《棠棣之花》在更换了男主角以后再次上演，观者反应平平，人们对孔令丰饰演的男主角不很满意，认为他在舞台上拘谨而僵硬，尤其是国语对白在他嘴里竟然充满了本地纨绔子弟斗嘴调笑的风味，使人觉得整场戏都有一种不合时宜的滑稽效果。

《棠棣之花》的男主角后来又换人选，令丰成为坐在后台提词的 B 角，这当然是令丰随新潮剧社去外埠巡回以后的事了。

三

春天滋生的家事终于把楼上的令瑶卷入其中，当孔太太阴沉着脸向她宣布令丰的忤逆和对他的惩罚时，令瑶惊愕地张大了嘴，半天说不出话来，打开的张恨水的新版小说像两扇门一样自动合拢了。现在令瑶意识到一块沉重的石头已经被家人搬到了她的肩上。

你父亲最疼爱你，他失踪这么多日子，你就一点不着急吗？孔太太果然话锋一转，眼睛带着某种威慑逼视着令瑶，你就不想到外面去打听一下他的下落？

他跟外面的女人在一起，是你自己说的，令瑶转过脸看着窗子。

不管他跟谁在一起，你们做子女的就这样撒手不管？令丰这个逆子不提也罢，你整天也不闻不问的，让我寒心，孔太太说着火气又上升，声音便不加控制地尖厉起来，万一他死在外面了呢？万一他死了呢？

令瑶的嘴唇动了动，她想说那是你害了他，但话到嘴边又咽回去了，令瑶知道要是比谁刻毒她绝不是母亲的对手。于是令瑶以一种息事宁人的态度面对母亲的诘难，要让我干什么，你尽管吩咐，你让我怎么办我就怎么办。

孔太太也终于平静下来，她走过去挽住了令瑶的手。这份久违的亲昵使令瑶很不习惯，但她还是顺从地跟着母亲进了她的卧室。

母女俩谋划着寻找孔先生的新步骤，令瑶静静地听母亲列举那些与父亲有染的女人，她们决定由令瑶明察暗访，从那些女人身上寻找一些有效的线索。令瑶从心里反感这种偷偷摸摸的行为，但她深知自己已经无路可逃。在倾听孔太太的安排时，令瑶的目光下意识地滑向墙上的父亲的相片，父亲的脸被照相馆的画师涂得粉红娇嫩，嘴唇像女人似的鲜红欲滴，唯有那双未被涂画的眼睛真切可信，它们看上去温和而浪漫。多日以来令瑶第一次感觉到父亲的形象对于她已经遥远而模糊了，她竭力回忆父亲在家时的言谈举止和音容笑貌，脑子里竟然一片空白，令瑶有点惶惑。与此同时，她对目前事态殃及自身又生出了一些怨恨，怨恨的情绪既指向父亲也指向母亲。事情是你们闹出来的，令瑶想，是你们闹出来的事情，现在却要让我为你们四处奔忙。

令瑶这一年二十五岁了，这种年龄仍然待字闺中的女孩在梅林路一带也不多见，这种女孩往往被人评头论足，似乎她身上多少有些不宜启齿的毛病。而令瑶其实是一个容貌清秀举止高雅的名门闺秀，她唯一的缺陷在于腋下的腺体，在衣着单薄的季节它会散发出一丝狐臭，正是这个缺陷使令瑶枯度少女时光，白白错过了许多谈论婚嫁的好机会。 令瑶的脾性慢慢变得沉闷和乖张，孔家除了孔太太以外的人都对她怀有一种怜香惜玉的感情，女佣阿春虽然也常常受到令瑶的呵斥，但她从不生令瑶的气。 这家人数令瑶的心肠最好。女佣阿春对邻居们说，她脾气怪，那是女孩子家被耽搁出来的毛病。

第二天令瑶携带着英国香水的紫罗兰香味出门，开始了寻找父亲下落的第一步计划。 令瑶典雅而华丽的衣着和忧郁的梦游般的神情使路人注目，在春天主动活泛的大街上，这个踽踽独行的女孩显得与众不同。

按照孔太太提供的路线，令瑶先找到了越剧名旦王蝶珠的住所，那是幢竣工不久的西式小楼，令瑶敲门的时候闻到一股呛鼻的石灰和油漆气味，她不得不用手帕掩住了鼻子。

王蝶珠出来开门，令瑶看见的是一张贴满了薄荷叶的苍白失血的脸，她想起小报上刊登的王蝶珠晕倒戏台上的消息，相信这位越剧名旦确实病得不轻。 令瑶刚想自报家门，王蝶珠先叫起来了，是孔小姐吧，我到你家做客时见过你，什么风把你给吹来了？

王蝶珠很客气地把令瑶拉进屋里，两人坐在沙发上四手相执着说话，简短的寒暄过后王蝶珠开始向令瑶诉说她的病症和晕倒在戏台上的前因后果。 王蝶珠一口绍兴官话滔滔不绝，令瑶却如坐针毡，她的目光不由自主地滑向盥洗间、挂衣钩、楼梯及其他房间的门，希望能发现某些父亲留下的痕迹。

你怎么啦？王蝶珠似乎察觉到什么，她猛地松开令瑶的手，孔小姐你在找什么？

令瑶窘迫地涨红了脸，几次欲言又止，她想按母亲教授的套路去套对方的口风，但又觉得这样做未免是把王蝶珠当白痴了，于是令瑶情急中就问了一句，你怎么不养猫？

王蝶珠的脸色已经难看了，她揪下额上的一片薄荷叶放在手里捻着，突然冷笑了一声，我知道你在找什么了，她斜睨着令瑶说，怎么，你父亲失踪了就跑我这儿来找，难道我这儿是警察局吗？

不是这个意思，令瑶嗫嚅道，我只是想各处打听一下他的消息。

不瞒你说，我也是昨天才听说孔先生失踪了，王蝶珠换了一种坦诚的语气说，我有半年多没跟他来往了，孔先生那种票友我见多了，玩得来就玩，玩不来就散，没什么稀奇的，我就是要靠男人也不会靠孔先生的。

不是这个意思。令瑶又苦笑起来，她发现她无法跟这个女戏子作含蓄的交谈，只好单刀直入地问，你知道我父亲最近跟哪个女人来往吗？

王蝶珠认真地想了想，眼睛倏地一亮，对了，我听戏班的姐妹说，先生最近跟一个舞女打得火热，大概是东亚舞厅那个叫猫咪的，孔先生说不定就让那个猫咪拐走了吧。

令瑶凭她的观察判断王蝶珠没有诬骗自己，她一边向王蝶珠道谢一边站了起来，就是这时她看见了大门后挂着的一顶白色的宽边帽子，它和令丰私底下向她描述的那种帽子完全相仿，令瑶忍不住问了一句，那顶白帽子是你的吗？

当然是我的，你问这问那的到底要干什么？王蝶珠勃然大怒，她抢先几步打开大门，做了一个夸张的逐客的动作。

关于白帽子的问题也使令瑶受到了一次意外的伤害，令瑶走过王蝶珠身边时看见她用手在鼻子前扇了几下，令瑶的心猛然一颤，疾步跑下了台阶，但是她害怕的那种语言还是清晰无误地传到她的耳边，熏死我了，哪来的狐狸钻到我家里来了？令瑶站住了回过头盯着倚门耍泼的王蝶珠，她想回敬对方几句，可是令瑶毫无与人当街对骂的经验，眼泪却不听话地流了下来。

令瑶用手帕掩面走了几步，终于止住了旋将喷发的哭泣，在一个僻静的街角，她从手袋里找出粉盒在眼睑下扑了点粉来遮盖泪痕。自从离开市立女中飞短流长的女孩堆以后，令瑶还是第一次受到这种羞辱，被刺破的旧伤带来了新的疼痛。令瑶脸色苍白地沿街道内侧走着，在一家服装店的橱窗前她站住了，她看见橱窗里陈列着一种新奇的女式内衣，袖口和腰部竟然都是用松紧带收拢的。令瑶四周观望了一番，毅然走进了那家服装店。

从更衣间出来，令瑶的心情好了一些，现在除了英国香水的紫罗兰香味，她的身上像所有女人一样正常。令瑶在服装店门前看了看手表，时间尚早，与其回家看母亲不满的脸色不如去找一找那个舞女猫咪，她想假如能从舞女猫咪那儿了解到一星半点父亲的消息，她对母亲也算有所交代了。

舞女猫咪却很难找。　东亚舞厅的大玻璃门反锁着，里面的守门人隔着玻璃对令瑶吼，大白天的哪来的舞女？　她们现在刚刚睡觉，找猫咪到铁瓶巷找去。　守门人发了一顿莫名其妙的脾气后又嘀咕道，谁都想找猫咪，连太太小姐也要找猫咪。

令瑶知道铁瓶巷是本地隐秘的达官贵人寻欢作乐的地方，所以令瑶拐进那条狭窄的扔满枯残插花的巷弄时，心跳不规则地加快了，她害怕被某个熟人撞见，最后令瑶像做贼似的闪进了舞女猫咪的住处。

这所大房子的复杂结构使令瑶想起张恨水小说里对青楼妓院的描写，她怀疑这里就是一个高级的妓院，只是门口不挂灯笼不揽客人罢了。　令瑶惶恐地站在楼梯口驻足不前，有个茶房模样的男人上来招呼道，这位小姐有事吗？　令瑶红了脸说，我找人、找舞女猫咪。　茶房戒备地扫视着令瑶，又问，你找她什么事？　猫咪上午不会客。　令瑶急中生智，随口编了个谎话，我是她表姐，从外地回来看望她的。

令瑶按茶房的指点上了二楼，在舞女猫咪的房间外徘徊着，却怎么也鼓不起敲门的勇气。　令瑶发现面向走廊的圆窗有一个裂口，她试着从裂口处朝里窥望，里面是一扇彩绘屏风，令瑶第一眼看见的居然是一顶白色的宽边帽子，它与令丰向她描述过的那种帽子一模一样，与王蝶珠的那顶也如出一辙，令瑶轻叹了一声，她的心似乎快跳出来了。 彩绘屏风阻隔了后面的一对男女，令瑶只闻其声不见其人，他们似乎在调笑，舞女猫咪的笑声银铃般地悦耳动听，男人的声音却压得很低听不真切，令瑶无法判断那是不是失踪的父亲。 走廊的另一端传来了茶房的脚步声，令瑶正想离开圆窗，突然看见彩绘屏风摇晃起来，后面的两个人似乎厮打起来，先是裸女猫咪俏丽年轻的身影暴露在令瑶的视线里，她咯咯地疯笑着绕屏风而逃，紧接着令瑶看见了那个男人。 那个男人已经鬓发斑白，上身穿着一件毛茸茸的兽皮背心，下身竟然一丝不挂地裸露着。

令瑶惊叫了一声反身朝楼下跑，半路上遇见茶房。 茶房想挡住她，但被令瑶用力推开了。 令瑶一口气逃离了铁瓶巷，最后就倚着路灯杆喘着粗气。 太恶心了，令瑶自言自语道，实在太恶心了。

这是一次意外的遭遇，令瑶后来失魂落魄地回到家，女佣阿春出来开门，她发现令瑶神情恍惚，脸色苍白如纸，似乎在外面受到了一场惊吓。

连续几天令瑶懒得说话，孔太太每次问及她出外打听孔先生消息的进展时，令瑶就以一种怨艾的目光回答母亲，手里捧着的是张恨水的另一本小说《金粉世家》。 孔太太什么都问不出来，又气又急，上去抢过令瑶手里的书扔在地上，你们都着了什么魔? 孔太太跺着脚说，一个个都出了毛病，这家究竟撞了什么鬼了？

令瑶冷冷地说，我不出去了，要打探父亲消息你自己去。

让我自己去？ 好孝顺的女儿，你知道我关节炎犯了，知道我不好出门还让我去，你要让我短寿还是要我马上死给你看？

令瑶半倚在沙发上无动于衷，她瞟了眼地上的《金粉世家》，手伸到身后又摸出一本《八十一梦》翻着。 过了一会儿她突然说了一句，什么也没找到，只看见了那种白帽子。

什么白帽子？ 谁的白帽子？ 孔太太追问道。

就是女人戴的白帽子，令瑶自嘲地笑了笑说，没什么用，后来我发现街上好多女人都戴那种白帽子。

孔太太终于没问出结果，她烦躁地摔摔打打着走出前厅，在庭院里漫无目的地踱步。 她看见两只波斯猫在门廊前的土垒里嬉打，那是孔太太讨厌而孔先生钟情的爬山虎藤的发祥地，几年前孔先生用砖土砌那个花垒时夫妻俩就发生过争执，孔太太觉得丈夫为这棵爬山虎浪费的地盘实在太多了，而孔先生我行我素，他一直认为孔太太容不下他的所爱，包括这棵多年老藤。 它是孔先生夫妇诸种争执的祸端之一，孔太太每天照顾着她心爱的花圃和盆景，但她从来未给爬山虎浇过一滴水，经过那个土垒时她也不屑朝里面望上一眼，假如那棵讨厌的老藤因无人照管而自然死亡，那是孔太太求之不得的事。

从早晨到现在两只波斯猫一直在那个花垄里嬉戏，孔太太不想让她的猫弄脏了皮毛，她过去把猫从里面抱了出来。花垄里的土看上去是翻过不久的，上层很松也很湿润，隐隐地散发着一股腥臭，孔太太不无怨恨地想他肯定又往土里埋死狗死鸡了，他总是固执地认为这是培养花木的最好途径，是园艺的关键，而孔太太则信仰草木灰和淡肥，他们夫妇的园艺向来是充满歧异的。

孔太太把波斯猫逐出花垄，眼睛里再次闪现出愤怒的火花。爬山虎藤下的死狗死鸡无疑是孔先生出门前夕埋下的，因为他唯恐它会长期缺乏营养而枯死，孔太太由此判断孔先生那天的寻衅和失踪都是他蓄谋已久的计划。一阵东风吹来，满墙的爬山虎新叶飒飒地撞击着灰墙，而花垄里散发的那股腥臭愈发浓重，孔太太捂着鼻子匆匆离开了门廊，她想她这辈子注定是要受孔先生的欺侮的，即使在他离家出走的日子里，他也用这种臭味来折磨她脆弱的神经。

孔先生失踪已将近一月，儿子跟着一个三流剧社去外埠演出了，女儿令瑶整天待在楼上拒绝再出家门，这是梅林路孔宅的女主人眼里的罕见的春季。以往孔太太最喜爱的就是草木熏香的四月，可是这年四月孔太太眼眶深陷瘦若纸人，她多次对上门的亲朋好友说，我快要死了，我快要被他们活活气死了。

随着明察暗访一次次无功而返，孔太太又把疑点集中在牙科诊所的方小姐身上。据孔太太安插在诊所的一个远房亲戚称，方小姐与孔先生关系向来暧昧，孔先生失踪后她也行踪不定起来，有时几天不来诊所上班。 孔太太心里立刻有一种石破天惊的感觉，无论如何她要把赌注押在方小姐身上试一试。

孔太太开始催逼令瑶到方小姐家去。 但是不管孔太太怎么晓以利害，令瑶依然沉着脸不置一词，逼急了就说，你自己去吧，你能浇花能剪枝，为什么自己不去？ 我看你的腿脚精神都比我好。 一句话呛得孔太太差点背过气去，孔太太边哭边到桌上抓了一把裁衣刀说，你到底去不去？ 你不去我就死给你看，反正死了也落个省心，一了百了。

令瑶看着母亲发狂的样子不免惊慌失措，连忙放下小说往外面冲，我去，我这就去，令瑶的声音也已经接近哭号了，她把前厅的门狠狠地撞上，忍不住朝门上吐了口唾沫，活见鬼，天晓得，怎么你们惹的事全落到我头上来了？

外面飘着细细的斜雨，天空微微发暗，女佣阿春拿了把伞追到门外想给令瑶，令瑶手一甩把雨伞打掉了。

令瑶在微雨里走着，脸上的泪已经和雨珠凝成一片，现在她觉得自己就像张恨水笔下那受尽凌辱的悲剧女性，心里充满了无限的自怜自爱。 方小姐家她是去过的，走过一个街区，从一家布店里走进去就到了。 令瑶就这样很突兀地出现在方小姐家里，头发和衣裙被细雨淋透了，略显浮肿的脸上是一种哀怨的楚楚动人的表情。

方小姐却不在家，方小姐的哥哥方先生热情有加地接待了家里的不速之客，那是这个街区有名的风流倜傥的美男子，令瑶记得少女时代的夜梦多次梦见过这个男人，但现在让她湿漉漉地面对他，这几乎是一种报应。

多年不见，孔小姐越来越漂亮了。

令瑶很别扭地坐着以侧面回避方先生的目光，她假装没听到对方的恭维，我来找方小姐，有点急事。令瑶咳嗽了一声，你告诉我她在哪儿，我马上就走。

为什么这样着急？我妹妹不在，找我也一样，一般来说女孩子都不讨厌和我交谈。

我不是来交谈的，请你告诉我方小姐去什么地方了。

陪我父母回浙江老家了，昨天刚走。方先生说着朝令瑶温柔地挤了挤眼睛，然后他开了一个玩笑，什么事这么急？是不是你们合谋杀了人啦？

不开玩笑，你能告诉我她和谁在一起吗？

我说过了，陪我父母走的，当然和他们在一起。

真的和父母在一起？令瑶说。

真的，当然是真的，是我送他们上的火车。方先生突然无声地笑了，他注视着令瑶的侧影说，这一点不奇怪，我妹妹现在还单身呢，能跟谁在一起？方先生掏了一支雪茄叼在嘴上慢慢地点着烟丝，他在烟雾后叹了口气，现在的女孩怪了，为什么不肯嫁人？好像天下的好男人都死光了似的，孔小姐现在也还是独身吧？

令瑶的肩膀莫名地颤了一下，她转过脸有点吃惊地看了看方先生，那张白皙而英俊的脸上漾溢着一种不加掩饰的自得之色。 他在居高临下地怜悯我，他在揶揄我，他在嘲弄我。 令瑶这样想着身体紧张地绷直了，就像空地上的孤禽提防着猎手的捕杀。 他马上就要影射我的狐臭了，令瑶想，假如他也来伤害我，我必须给他一记响亮的耳光。

但是方先生不是令瑶想象的那种人，方先生紧接着说了一番难辨真假的话。 我妹妹脾气刁蛮，模样长得又一般，她看上的人看不上她，别人看上她她又看不上别人，自己把自己耽搁了。 可是你孔小姐就不同了，门第高贵，人也雅致脱俗，为什么至今还把自己关在父母身边呢？

不谈这个了。 令瑶打断了对方的令人尴尬的话题，她站起来整了整半干半湿的衣裙，假如方小姐回来，麻烦你给我拨个电话。

方先生有点失望地把令瑶送到门口，也许他怀有某种真正的企图，这个美男子的饶舌使令瑶犹如芒刺在背，在通往布店的狭窄过道里，方先生抢先一步堵着令瑶说了最后一句话，想去青岛海滨游泳吗？

不去，我哪儿也不想去。

为什么？ 我们结伴去，再说你的形体很苗条，不怕穿游泳衣的。

令瑶的目光黯淡，穿过方先生的肩头朝外面看，她不想说话，喉咙里却失去控制地滑出一声冷笑。 某种悲壮的激情从天而降，它使令瑶先后缓缓举起她的左右双臂，可是我有狐臭。 令瑶面无表情，举臂的动作酷似一具木偶，她说，方先生你喜欢这种气味吗?

方先生瞠目结舌地目送令瑶疾步离去，他确实不知道孔家小姐染有这种难言的暗病，同时他也觉得貌似高雅的孔令瑶做出如此举动有点不可思议。

又是一个难眠之夜，庭院里盛开的花朵把浓厚的香气灌进每一个窗口，新置的喷水器已经停止工作，梅林路的孔家一片沉寂，但家里剩下的三个女人都不肯闭眼睡觉。 楼下的孔太太躺在床上高一声低一声地呻吟，楼上的令瑶抱着绣枕无休止地啜泣，女佣阿春只好楼上楼下地跑个不停。

女佣阿春给令瑶端来了洗脸水，正要离开的时候被令瑶叫住了，令瑶向她问了一个奇怪的却又是她期待已久的问题。

狐臭有办法根治吗?

有。 怎么没有? 女佣阿春在确定她没有听错后响亮地回答，然后她带着一丝欣慰的笑容靠近了令瑶，我早就想告诉你了，可是怕你见怪，不敢先开口说，我老家清水镇上有个老郎中，祖传秘方，专除狐臭，手到病除，不知治好了多少人的暗病。

你带我去，令瑶的脸依然埋在枕头里，她说，明天你就带我去。

女佣阿春看不到令瑶的脸部表情，但她清晰地听见了令瑶沙哑而果决的声音，她相信这是令瑶在春天做出的真正的选择。

孔太太没有阻拦令瑶去清水镇的计划，但令瑶猜得到母亲心里那些谵妄而阴郁的念头，她和女佣阿春带着简单的行李走出家门的时候，孔太太躺在一张藤椅上一动不动，令瑶在门廊那里回头一望，恰恰看见母亲眼里那种绝望的光。令瑶感到一丝轻松，而且在这个瞬间她敏感地意识到春天的家事将在她离去后水落石出。

在早晨稀薄的阳光里孔太太半睡半醒，她迷迷蒙蒙地看见孔先生的脸像一片锯齿形叶子挂在爬山虎的老藤上，一片片地吐芽，长肥长大，又一片片地枯萎、坠落。她迷迷蒙蒙地闻到一股奇怪的血腥气息，微微发甜，它在空气中飘荡着，使满园花草噼噼啪啪地疯长。孔太太在藤椅上痛苦地翻了个身，面对着一丛她最心爱的香水月季，她看见一朵硕大的花苞突然开放，血红血红的花瓣，形状酷似人脸，酷似孔先生的脸，她看见孔先生的脸淌下无数血红血红的花瓣，剩下一枝枯萎的根茎，就像一具无头的尸首。孔太太突然狂叫了一声，她终于被吓醒了，吓醒孔太太的也许是她的臆想，也许只是她的梦而已。

孔太太踉踉跄跄地走到门外，邮差正好来送令丰的信，孔太太就一把抓住邮差的手说，我不要信，我要人，帮我去叫警察局长来，我男人死了，我男人肯定让谁害死了。

人们无从判断孔先生之死与孔家家事的因果关系。凶手是来自城北贫民区的三个少年，他们不认识孔先生。据三个少年后来招认，他们没有想要杀死那个男人，是那个男人手腕上的一块金表迷惑了他们的目光，它在夜色中闪出一圈若隐若现的光泽。　孔先生在深夜的梅林路上走走停停，与三个少年逆向而行。　他们深夜结伴来梅林路一带游逛，原来的目的不过是想偷取几件晾晒在外面的衣物，为此他们携带了一条带铁钩的绳子，但孔先生孤独而富有的身影使他们改变了主意，他们决定袭击这个夜行者，抢下他腕上那块金表。　那个人好像很笨，三个少年对警方说，那个人一点力气也没有，我们用绳子套住他的脖颈，他不知道怎么挣脱，勒了几下他就吐舌头了。　三个少年轻易地结束了一个绅士的生命。当时梅林路上夜深人静，三个少年从死者腕上扒下金表后有点害怕，他们决定就近把死者埋起来，于是他们拖着死者在梅林路上寻找空地。　最初他们曾想把死者塞进地盖下的下水道里，但孔先生胖了一点，塞不进去，三个少年就商量着把死尸埋在哪家人家的花园里，他们恰巧发现一户人家的大门是虚掩的，悄悄地潜进去，恰巧又发现一个藏匿死尸最适宜的大花垒。　那夜孔家人居然没有察觉花园里的动静，孔先生居然在自己的花垒里埋了这么多天，这使人感到孔家之事就像天方夜谭似的令人难以置信，一切都带上天工神斧的痕迹。

　　至于孔先生深夜踯躅街头的原因人们并不关心，梅林路一带的居民只是对孔太太那天的表现颇有微词。　当花垒里的土层被人哗啦啦掘开时，孔太太说了声怪不得那么臭，然后她就昏倒在挖尸人的怀里，过了好久她醒过来，眼睛却望着门廊上的那架爬山虎，围观者又听见孔太太说，怪不得爬山虎长得这么好，这以后孔太太才发出新寡妇女常见的那种惊天动地的恸哭，最后她边哭边说，阿春是聋子吗？把死人埋到家里来她都听不见，让她守着门户，她怎么会听不见？

四月里孔太太曾经预约她熟识的花匠，让他来除去爬山虎移种另一种藤蔓植物茑萝，年轻的花匠不知为何姗姗来迟，花匠到来之时孔太太已经在为孔先生守丧了。

别去动那棵爬山虎，那是我丈夫的遗物。孔太太悲戚地指了指她头上的白绒花，又指了指覆盖了整个门廊的爬山虎藤。她对花匠说，就让它在那儿长着吧。茑萝栽到后面去。

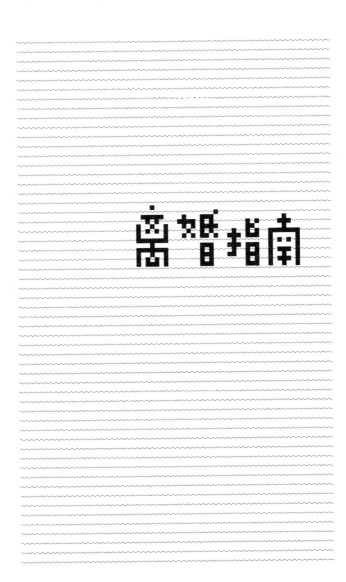

离婚指南

　　整整一夜，冬季的北风从街道上呼啸而过，旧式工房的窗户被风力一次次地推搡，玻璃、木质窗框以及悬挂的腌肉持续地撞击着，对于失眠的杨泊来说，这种讨厌的噪声听来令人绝望。

　　房间里有一种凝滞的酸臭的气味，它来自人体、床铺和床铺下面的搪瓷便盆。杨泊闻到了这股气味，但他懒于打开窗户使空气流通起来。杨泊这样一动不动地躺了一夜，孩子在熟睡中将一只脚搁到了他的腹部，杨泊的一只手抓着孩子肥厚的小脚，另一只手揪住了自己的一绺头发。他觉得通宵的失眠和思考使他的头脑随同面部一起浮肿起来。在早晨最初的乳白色光线里，杨泊听见送牛奶的人在街口那里吹响哨子，一些新鲜活泼的人声市声开始了一天新的合奏。杨泊知道天亮了，他该起床了，但他觉得自己疲惫不堪，需要睡上一会儿，哪怕是睡五分钟也好。

　　先是孩子醒了。孩子醒来的第一件事情就是大声啼哭。于是朱芸也醒了，朱芸的身体压在杨泊身上，从床下抓到了那只便盆，然后朱芸坐在被窝里给孩子把尿，便盆就贴着杨泊的脸，冰凉而光滑。 他听见朱芸嘴里模拟着孩子撒尿的声音，她嘴里的气息温热地喷到杨泊脸上，类似咸鱼的腥味。杨泊睁眼在妻子身上草草掠过，朱芸的头发散乱地披垂着，粉绿色的棉毛衫腋下有一个裂口，在半明半暗的晨光中她的脸色显得枯黄发涩，杨泊不无恶意地想到了博物院陈列的木乃伊女尸。

你该起床了，去取牛奶。 朱芸瞟了眼桌上的闹钟说。

杨泊朝外侧翻了个身。 这句话也是他们夫妇每天新生活的开始。 你该起床了，去取牛奶。 几年来朱芸一直重复着这句话。 杨泊突然无法忍受它的语调和内涵。 杨泊的脚在被子下面猛地一蹬，他说，我要离婚。 朱芸显然没有听清，她开始给孩子穿棉衣棉裤。 朱芸说，我去菜场买点排骨，你马上去取牛奶，回来再把炉子打开，听清楚了吗?

我要离婚，杨泊把脑袋蒙在被子里，他听见自己的声音很沉闷，语气却很坚定。 床板咯吱咯吱地响了一会儿，朱芸走出了房间。 她打开了有线广播的开关，一个女声正有气无力地播送天气预报。 关于最高温度和最低温度，关于风力和风向，关于渤海湾和舟山群岛的海浪和潮汐。 杨泊不知道这些东西和他的生活有什么联系，他也不知道朱芸为什么每天都要准时收听天气预报。 现在他感到了一种深深的倦意，他真的想睡一会儿了。

大约半个钟头以后，朱芸拎着菜篮回家，看见孩子坐在地上，将糖果盒里的瓜子和水果糖扔得满地都是，而杨泊仍然没有起床。 你今天怎么啦？ 朱芸愠怒地走过去掀被子，你不上班吗？ 你不送孩子去幼儿园啦？ 她的手被杨泊突然地抓住了，她看见杨泊的头和肩部从被窝里慢慢升起来，杨泊的眼睛布满血丝，一种冰冷的陌生的光芒使朱芸感到很迷惑。

我要离婚，杨泊说。

你说什么？ 你是在说梦话还是开玩笑？

说正经的，我们离婚吧。 杨泊穿上假领，浊重地舒了一口气，他的目光现在停留在墙上，墙上挂着一幅彩色的结婚合影。 杨泊的嘴角浮现出一丝暧昧的微笑，他说，我想了一夜，不，我已经想了好几个月了，我要离婚。

朱芸抓住棉被一角怔在床边，起初她怀疑地看着杨泊脸上的表情，后来她便发现杨泊并非开玩笑，朱芸的意识中迅速掠过一些杨泊言行异常的细节。 一切都是真的，朱芸脸色苍白，她看着杨泊将他汗毛浓重的双腿伸进牛仔裤里，动作轻松自如，皮带襻上的钥匙链叮叮当当地响着，朱芸扬起手朝杨泊掴了一个耳光，然后她就呜呜地哭着冲出了房间。

自杨泊表明了离婚意愿后，朱芸一直拒绝和杨泊说话。朱芸不做饭，什么也不吃，只是坐在椅子上织孩子的毛衣，偶尔她用眼角的余光瞟一下杨泊，发现杨泊胃口很好地吞咽着方便面，朱芸的嘴唇动了动。 她轻轻骂了一句，杨泊没有听清她骂的什么，也许是畜生，也许是猪猡，但他可以肯定朱芸在骂他。 杨泊耸耸肩，把碗里的由味精和香料调制的汤也喝光了。 杨泊故意很响亮地咂着嘴，他说，世界越来越进步，日本人发明了方便面，现在女人想让男人挨饿已经不可能了。 他看见朱芸绷着脸朝地上啐了一口。 她用竹针在烫过的头发上磨了磨，又骂了一句，这回杨泊听清了，朱芸在骂他神经病，杨泊若无其事地从她身边走过，挖了挖鼻孔，然后他举起食指凝视着上面的污垢，一点不错，我就是个神经病。 杨泊说着就将手指上的污垢噗地弹到了地上，神经病和智者只差半步。

冬日的黄昏凄清而短促，烤火的炉子早已熄掉，谁也没去管它，朝北的这个房间因此陷入了刺骨的寒冷中。 杨泊坐在桌前玩一副破旧的扑克，牌阵总是无法通联，他干脆将扑克扔在一边，转过脸望着沙发上的朱芸，他看见朱芸的脸上浮动着一些斑驳的阴影，他不知道那些阴影是窗帘折射光线造成的，还是直接来自她恶劣的心情。 现在他觉得朱芸的坐姿比她站着时更加难看，而她在黄昏时的仪容也比早晨更加丑陋。

你老不说话是什么意思？ 杨泊搓了搓冻僵的手，他说，不说话不能解决问题，你脑子里到底在想什么？

我不跟畜生说话。 朱芸说。

谩骂无济于事。 现在我们应该平心静气地谈谈，我知道这要花时间，所以我向单位请了两天病假，我希望你能珍惜这点时间。 下个星期我还要去北京出差。

　　那么你先告诉我，谁是第三者？　是俞琼吧？　我不会猜错，你已经让她迷了心窍。　是她让你离婚的？

　　不。　你为什么认为一定有个第三者呢？　这实在荒唐。杨泊露出了无可奈何的微笑，他说，是我要跟你离婚，我无法和你在一起生活了，就那么简单。　跟别人没有关系。

　　你把我当一只鞋子吗？　喜欢就穿，不喜欢就扔？　朱芸突然尖叫起来，她朝地上狠狠地跺了跺脚，我哪儿对不起你，我是跟谁搞腐化了，还是对你不体贴？　你倒是说出理由来让我听听。　朱芸扔下手里的毛线，冲过来揪住了杨泊的衣领，一下一下地抻着，她的眼睛里噙满了泪花，你狠心狗肺，你忘恩负义，你忘了生孩子以前我每天给你打洗脚水，我怀胎八个月身子不方便，我就用嘴让你舒服，你说我有什么对不起你的地方？　你倒是说呀！　说呀！

　　杨泊的身体被抻得前后摇晃着，他发现女人在愤怒中触发的暴力也很可怕。　杨泊顺势跌坐在床上，整理着衣领，他以一种平静的语气说，你疯了，离婚跟洗脚水没有关系，离婚跟性生活有一定关系，但我不是为了性生活离婚。

　　你的理由我猜得出，感情不和对吗？　朱芸抓起地上的玩具手枪朝杨泊砸过去，噙着泪水，你找这个理由骗谁去？　街坊邻居从来没有听见过我们夫妻吵架。　结婚五年了，我辛辛苦苦持家，受了多少气，吃了多少苦，可我从来没有跟你吵过一次架，你要摸摸你的良心说话，你凭什么？

　　离婚跟吵架次数也没有关系。　杨泊摇着头，扳动了玩具手枪的开关，一枚圆形的塑料子弹嗖地打在门框上。 杨泊看着门框沉思了一会儿，然后说，主要是厌烦，厌烦的情绪一天天恶化，最后成为仇恨。 有时候我通宵失眠，我打开灯看见你睡得很香还轻轻打鼾，你的睡态丑陋极了，那时候我希望有一把真正的手枪，假如我有一把真正的手枪，说不定我会对准你的脸开枪。

我不怕你的杀心。 那么除了打鼾，你还厌烦我什么？

我厌烦你夏天时腋窝里散发的狐臭味。

还厌烦我什么？

我厌烦你饭后剔牙的动作，你吃饭时吧唧吧唧的声音也让我讨厌。

还有什么？

你总是把头发烫得像鸡窝一样，一到夜里你守着电视没完没了地看香港电视连续剧，看臭狗屎一样的《卞卡》。

继续说，你还厌烦我什么？

你从来不读书不看报，却总是来跟我讨论爱情，讨论国家大事。

还有呢？ 你说下去。

我讨厌你跟邻居拉拉扯扯，在走廊上亲亲热热，关上房门就骂人家祖宗三代，你是个庸俗而又虚伪的女人。

全是屁话，朱芸这时候鄙夷地冷笑了一声，她说，你想离婚就把我贬得一钱不值，这么说你跟我结婚时的甜言蜜语山盟海誓全是假的，全是骗人的把戏？

不。你又错了。杨泊点上一支香烟，猛吸了几口说，当初我爱过你是真的，结婚是真的，现在我厌烦你，因此我必须离婚，这也是真的。你难道不懂这个道理？事物总是在不断地发展和变化。你我都应该正视现实。现实往往是冷酷的不近人情的，现实就是我们必须商讨一下离婚的具体事宜，然后选一个好天气去法院离婚。

没那么便宜。我知道只要我不同意，你就休想离成婚。朱芸咬紧牙关，她的脸在黄昏幽暗的光线中迸射出一种悲壮的白光，然后她从饼干筒里掏出了半袋苏打饼干就着一杯冷开水开始吃饼干。朱芸一边嚼咽着饼干一边说，你他妈的看错人了，你以为我好欺？我凭什么白白地让你蹭了，我凭什么白白地让你舒服？

这又不是上菜场买菜，讨价还价多么荒唐。俗话说强扭的瓜不甜，事情已经到了这个地步，你说我们的夫妻生活过下去还有什么意思？杨泊提高了声调说，必须离婚了。

我不管这一套，我咽不下这口气。朱芸把房门用力摔打着走到外面。杨泊跟了出去，他看见朱芸进了厨房，朱芸在厨房里茫然地转了一圈突然抓过刀将案板上的白菜剁成两半。杨泊倚着房门注视着朱芸的背部，他说，现在剁白菜干什么？现在迫切的不是吃饭，而是平心静气地商讨，我们还没有开始谈具体的问题呢。

朱芸不再说话，她继续剁着白菜，一直到案板上出现了水汪汪的菜泥，她用刀背盲目地翻弄着白菜泥，杨泊凭经验判断她在盘算什么有效的点子。 他看见她缓缓地转过脸，以一种蔑视的眼神扫了他一眼，你非要离也行，朱芸说，拿两万元给我，你拿得出吗？ 没有两万元你就别来跟我谈离婚的事。

杨泊愣了一下，这个要求是他始料未及的，朱芸知道他不可能有这笔巨款，因此这是一种明显的要挟。 杨泊摸摸自己的头皮笑了。 他像是自言自语地说，真奇怪，离婚为什么一定要两万元？ 为什么要了两万元就可以离婚了？ 这个问题我想不通。

想不通就慢慢想。 朱芸这时候走出了厨房，她的脸上浮现出一丝狡黠和嘲讽的微笑。 朱芸到外面的走廊上抱起了孩子，然后她朝杨泊抖了抖手上的自行车钥匙，我带孩子回娘家住几天，你慢慢地想，慢慢地筹钱，你还想谈什么就带上两万元去谈。 我操你妈的×。

杨泊走到窗前推开窗子，看见朱芸骑着车驮着孩子经过楼下的空地。 凛冽的夜风灌进室内，秋天遗弃在窗台上的那盆菊花在风中发出飒飒响声。 杨泊发现菊花早已枯死，但有一朵硕大的形同破布的花仍然停在枯枝败叶之间，他把它掐了下来扔到窗外。 他觉得这朵破布似的菊花毫无意义，因此也使人厌恶。 在冬夜寒风的吹拂下，杨泊的思想一半在虚幻的高空飞翔，另一半却沉溺在两万元这个冷酷的现实中。 他的五指关节富有节奏地敲击着窗台。 两万元是个难题，但它不能把我吓倒。 杨泊对自己轻轻地说。

在一个刚刚启用的路边电话亭里，杨泊给俞琼挂了电话。 电话接通后他听见俞琼熟悉的字正腔圆的普通话，一时不知道说什么好。 他似乎从话筒里嗅到了海鸥牌洗发水的香味，并且很唯心地猜测俞琼刚刚洗濯过她的披肩长发，于是他说，你在洗头吗？ 别老洗头，报纸上说会损坏发质。

没有。 俞琼在电话线另一端笑起来，你说话总是莫名其妙。 来了几个同学，他们约我去听音乐会，还多一张票，你马上也来吧，我等你。 我们在音乐厅门口见面好了。

我没心思听音乐会。 我要去找大头。

为什么又去找他？ 我讨厌大头，满身铜臭，暴发户的嘴脸。 俞琼用什么东西敲了敲话筒，她说，别去理这种人，看见他我就恶心。

没办法，我要找他借钱，两万元，不找他找谁？

为什么借那么多钱？ 你也想做生意吗？

跟朱芸做生意，她要两万元，你知道这是笔什么生意。

电话另一端沉寂了一会儿，然后突然啪地挂断了。 杨泊隐隐听见俞琼的反应，她好像在说恶心。 这是俞琼的口头禅，也是她对许多事物的习惯性评价。 杨泊走出电话亭，靠着那扇玻璃门回味俞琼的反应。 是够恶心的，但恶心的事都是人做出来的，杨泊用剩余的一枚镍币在玻璃门上摩擦，吱吱嘎嘎的声音使他牙床发酸，难以忍耐。 但他还是坚持那样磨了一会儿，直到发现这种行为无法缓释他郁闷的心情。 他将镍币朝街道的远处用力掷去，镍币立刻无影无踪，一如他内心的苦闷对于整座城市是无足轻重的。

冬天的街道上飘浮着很淡很薄的阳光，行人像鱼群一样游来游去，秩序井然地穿越十字路口和建筑物，穿越另外的像鱼群一样游来游去的行人。 街景总是恰如其分地映现人的心情。 到处了无生气，结伴而行的女中学生脸上的笑是幼稚而愚蠢的。 整个城市跟我一样闷闷不乐，杨泊想这是离婚的叫声此起彼伏的缘故。 走在人行道的最内侧，杨泊的脚步忽紧忽慢，他简短地回忆了与朱芸这场婚姻的全部过程，奇怪的是他几乎想不起重要的细节和场面了。 譬如婚礼，譬如儿子出世的记忆。 他只记得一条白底蓝点子的裙子，初识朱芸时她就穿着这样一条裙子，现在他仍然清晰地看见它，几十个蓝色小圆点有机排列在白绸布上，闪烁着刺眼的光芒。

杨泊走进大头新买的公寓房间时发现自己突然感冒了，杨泊听见了自己说话夹杂着浓重的鼻音。 大头穿着一件羊皮背心，上身显得很细很小，头就显得更大了。 杨泊将一只手搭到他的肩上说，没什么事，我只是路过来看看你。 最近又发什么财啦？ 大头狐疑地看看杨泊，突然笑起来说，我长着世界上最大的头，别人的心思我都摸得透，你有话慢慢说，先上我的酒吧来坐坐吧。 杨泊吸了一下鼻子，不置可否地朝酒吧柜里面张望了一眼，他说，那就坐坐吧，我不喝酒，我感冒了。

喝点葡萄酒，报纸上说葡萄酒可以治感冒的。 大头倒了一杯酒给杨泊，补充说，是法国货，专门给小姐们和感冒的人准备的。 我自己光喝黑方威士忌和人头马 XO 。

我不喝，最近这个阶段我要使头脑一直保持清醒。

你是不是在闹离婚？ 大头直视着杨泊的脸，他说，满世界都在闹离婚，我不懂，既然要离婚，为什么又要去结婚？如果不结婚，不就省得离婚了吗？ 你们都在浪费时间嘛。

你没结过婚，你没法理解它的意义。 杨泊叹了一口气，环顾着房子的陈设和装潢，过了一会儿又说，你没离过婚，所以你也没法理解它的意义。

意义这种字眼让我头疼，别跟我谈意义。 大头朝空中挥了挥手，他的态度突然有点不耐烦，你是来借钱的吧？ 现在对你来说钱就是意义，说吧，你要借多少意义？

两万。 这是她提出的条件。 杨泊颓然低下头，他的旅游鞋用力踩着脚下的地毯，杨泊说，别拒绝我，我会还你的，我到时连本带息一起还你，我知道你的钱来之不易。

看来你真的很清醒。 大头调侃地笑了笑，他拍着杨泊的肩膀，突然说，杨泊杨泊，你也有今天，你还记得小时候你欺负我的事吗？ 你在孩子堆里逞大王，你把我的腰往下摁，让我做山羊，让其他孩子从我背上一个个跳过去？

不记得了。 也许我小时候很坏，很不懂事。 杨泊说。

你现在也很坏。 大头的手在杨泊的后背上弹击了几次，猛地钩住了杨泊的脖子，然后他以一种异常亲昵的语气说，杨泊，借两万不在话下，可是我也有个条件。 你现在弯下腰，做一次山羊，让我跳过去，让我也跳一次玩玩啦。

你在开玩笑？ 杨泊的脸先是发红，然后又变得煞白。

不是玩笑，你不知道，我这个人特别记仇。

确实不是玩笑，是侮辱。 杨泊站起来用力撩开大头的手。 我以为你是朋友，我想错了，你什么也不是，就是一个商人。 杨泊走到门口说，金钱使人堕落。 这是叔本华说的，这是真理。 大头，我操你妈，我操你的每一分钱。

杨泊听见大头在后面发出一阵狂笑，杨泊感到一种致命的虚弱，在楼梯上他站住了，在短暂而紧张的思考以后，他意识到这样空手而归是一个错误。 虚荣现在可有可无，至关重要的是两万元钱，是离婚事宜的正常开展。 于是杨泊又鼓起勇气回到大头的门外，他看见大头扛着一根棕色的台球杆从里面出来。 杨泊咬了咬牙，慢慢地将腰往下弯，他的身体正好堵在防盗门的外面，堵住了大头的通路。

你跳吧，杨泊低声地对大头说。

我要去台球房。 我喜欢用自己的台球杆，打起来顺手，大头用台球杆轻轻击打着铁门，你跟我一起去玩玩吗？

你跳吧。 杨泊提高了声音，他说，别反悔，跳完了你借我两万元。

跟我一起去玩吧，我保证你玩了一次，还想玩第二次。

我不玩台球，我想离婚，杨泊几乎是怒吼了一声，他抬起头，眼睛里迸出逼人的寒光，来呀，你跳吧，从我身上跳过去!

大头犹豫了一会儿，他把台球杆靠在墙上说，那就跳吧，反正这也是笔生意，谁也不吃亏。

他们重温了童年时代的游戏，大头叉开双腿利索地飞跃杨泊的背部以及头部，杨泊听见什么东西断裂的声音，他的心脏被大头全身的重量震得疼痛，另外有冰冷的风掠过耳边。杨泊缓缓地直起腰凝望着大头，他的表情看上去非常古怪。这是在开玩笑。杨泊嗫嚅着说。跳山羊，这是开玩笑是吗？

不是玩笑，是你要离婚，是你要借钱。大头从皮带上解下钥匙圈走进屋里，隔着几道门杨泊听见他说，这笔生意做得真有意思，贷款两万元跳一次山羊啦。

杨泊最后从大头手上接过一只沉甸甸的信封。他从大头的眼睛里看见了一种熟悉的内容，那是睥睨和轻蔑，朱芸也是这样看着他的。在恍惚中听见大头说，杨泊，其实你是个卑鄙无耻的人，为了达到你的目标，我就是让你吃屎你也会吃的。杨泊的身体再次颤动了一下，他将信封装在大衣口袋里，你他妈的胡说些什么？大头举起台球杆在杨泊腰际捅了一下，对杨泊说，快滚吧，你是只最讨厌的黑球8号，你只能在最后收盘时入洞。

当杨泊走进朱芸娘家的大杂院时他的心情总是很压抑，朱芸正在晾晒一条湿漉漉的印花床单。杨泊看见她的脸从床单后面迟疑地出现，似乎有一种恐惧的阴影一闪而过。

钱带来了。 杨泊走过去，一只手拎高了人造革桶包。

朱芸没说话。 朱芸用力拍打着床单，一些水珠溅到了杨泊的脸上，杨泊敏捷地朝旁边跳了一步，他看见朱芸的手垂搭在晾衣绳上，疲沓无力，手背上长满了紫红色的冻疮，杨泊觉得他从来没见过这么丑陋的女人的手。

这里人多眼杂，去屋里谈吧。

你还有脸进我家的门？ 朱芸在床单那边低声说，她的嗓音听上去像是哭坏的，沙哑而含糊，我还没跟家里人说这事。 我跟他们说暂时回家住两天，说你在给公司写总结。

迟早要说的，不如现在就对他们说清楚。

我怕你会被我的三个兄弟揍扁，你知道他们的脾性。

他们没理由揍我，这是我和你的事，跟他们无关。

他们会狠狠地揍扁你的，揍你这种混蛋，揍了是白揍。

你们实在要动武也可以，我是有思想准备的，杨泊的脸固执地压在晾衣绳上，注视着朱芸在脸盆里拧衣服的一举一动，他的表情似笑非笑，只要能离婚，挨一顿揍不算什么。

杨泊听见朱芸咬牙的声音。 杨泊觉得愤怒和沮丧能够丑化人的容貌，朱芸的脸上现在呈现出紫青色，颌部以及咬肌像男人一样鼓胀起来。 有话回家去说，朱芸突然踢了踢洗衣盆，她说，别在这里丢人，你不嫌丢人我嫌丢人，你也别在这里给我父母丢人，我们说话邻居都看在眼里。

我不管你的想法。 我不知道你为什么认为这事丢人，我不知道这跟你父母有什么关系，跟邻居又有什么关系？

你当然不懂。因为你是个不通人性的畜生。朱芸在床单那边发出了一声短促而压抑的哽咽。朱芸蹲着将手从床单下伸过来，在杨泊的脚踝处轻轻地掐拧着，杨泊，我求你回家去说吧，别在这儿丢人现眼。

杨泊俯视着那只长满冻疮的被水泡得发亮的手，很快缩回脚，他说，可是你什么时候回家？我把钱借来了，你该跟我谈具体的事宜了。我们选个好日子去法院离婚。

等到夜里吧，等孩子睡着了我就回家。朱芸想了想，突然端起盆朝杨泊脚下泼了盆肥皂水，她恢复了强硬的口气，我会好好跟你谈的，我操你妈的×。

杨泊穿着被洇湿的鞋子回到家里，全身都快冻僵了。家里的气温与大街上相差无几，家具和水泥地面泛出一种冰凉的寒光，杨泊抱着脑袋在房间里转了几圈，他想与其这样无休止地空想不如好好放松一下，几天来他的精神过于紧张了。杨泊早早地上床坐在棉被里，朝卡式录音机里塞了盘磁带。他想听听音乐。不知什么原因录音机老是卷带，杨泊好不容易弄好，一阵庄严的乐曲声在房间里回荡，杨泊不禁哑然失笑，那首乐曲恰恰是《结婚进行曲》。杨泊记得那是新婚时特意去音乐书店选购的，现在它显得可怜巴巴而具有另外的嘲讽意味。

杨泊坐在床上等待朱芸回家，他觉得整个身体都不大舒服，头脑有点昏涨，鼻孔塞住了，胃部隐隐作痛，小腹以下的区域则有一种空空的冰凉的感觉。 杨泊吞下了一把牛黄解毒丸，觉得喉咙里很苦很涩，这时候他又想起了俞琼最后在电话里说的话，恶心。 她说。 恶心。 杨泊说。 杨泊觉得俞琼堪称语言大师，确实如此。 恶心可以概括许多事物的真实面貌。

夜里十点来钟，杨泊听见房门被人一脚踢开，朱芸闯进来，跟在后面的是她的三个兄弟。 杨泊合上了尼采的著作，慢慢从床上爬起来，他说，你们这是什么意思？

打！ 朱芸突然尖叫了一声，打死这个没良心的畜生！

他们动手前先关上了灯，这样杨泊无法看清楚他们的阴郁而愤怒的脸，杨泊只是感受到他们身上挟带的冰冷的寒气，感受到杂乱的拳头和皮鞋尖的攻击，他听见自己的皮肉被捶击后发出的沉闷的回音，还依稀听见朱芸忽高忽低的尖叫声，打！ 打死他我去偿命！ 杨泊头晕耳鸣，他想呼叫但颈部被谁有力地卡住了，他叫不出声音来。 他觉得自己像一条狗被人痛打着，在痛楚和窒息中他意识到要保护他的大脑，于是他用尼采的著作挡住了左侧的太阳穴，又摸到一只拖鞋护住了右侧太阳穴，之后他就不省人事了。

大约半个钟头以后杨泊从昏迷中醒来，房间里已是黑漆漆的一片沉寂。 杨泊摇摇晃晃地站起来，拉到了灯绳。 他发现房间仍然维持原样，没有留下任何殴架的痕迹。 这很奇怪，杨泊估计在他昏迷的时候朱芸已经收拾过房间，甚至那本尼采的著作也被放回了书架上。 杨泊觉得女人的想法总是这样奇怪之至。　她竟然抽空收拾了房间。　杨泊苦笑着自言自语。　他走到镜子前，看见一张肿胀发青的脸，眼睑处鼓起一个小包，但是没有血痕。　杨泊猜想那肯定也是被朱芸擦掉的。　为什么要这样？　杨泊苦笑着自言自语，他举起手轻柔地摸着自己受伤的脸部，对于受伤的眼睛和鼻子充满了歉疚之情。　他身体单薄不善武力，他没能保护它们。　最后杨泊的手指停留在鼻孔处，他轻轻地抠出一块干结的瘀血，抹在玻璃镜子上，然后他注视着那块瘀血说，恶心。　真的令人恶心。

　　第二天又是寒风萧瑟的一天，杨泊戴了只口罩想出门去，走到门口看见楼道上并排坐着几个择菜的女邻居，杨泊又回来找了副墨镜遮住双眼。　杨泊小心地绕开地上的菜叶，头向墙的一侧歪着。　后面的女邻居还是喊了起来，小杨，你们家昨天夜里怎么回事？

　　杨泊站住了反问道，我们家昨天夜里怎么回事？　女邻居说，怎么乒乒乓乓地响，好像在打架？　杨泊往上拽了拽口罩，他说，对不起，影响你们休息了，然后他像小偷似的悄悄溜出了旧式工房。

　　街上狂风呼啸，杨泊倒退着走了几步。　杨泊觉得整个世界都是恃强凌弱，他已经被打得遍体鳞伤，现在风也来猛烈地吹打他。　一切都是考验和磨砺。　杨泊想所谓的意志就是在这样的夹缝中生长的，什么都不能摧垮我的意志。　杨泊这样想着朝天空吹了声口哨。 天空是铅灰色的，稀少的云层压得很低，它们像一些破棉絮悬浮在烟囱和高层建筑周围。 多日来天气总是欲雪未雪的样子，杨泊一向厌烦这种阴沉沉的天气。 他希望在售票处会顺利，但他远远地就看见一支队伍从售票处逶迤而出，黑压压一片，杨泊的双眼眼球一齐疼痛起来。 这是他特有的生理反应，从少年时代开始就这样，只要看见人排成黑压压的蛇阵，他的眼球就会尖利地疼痛，他不知道这是哪种眼疾的症状。

售票大厅里聚集着很多人，一半是排队买票的，另一半好像都是黄牛票贩。 杨泊站在标有北方字样的窗前，朝窗内高声问，去北京的卧铺票有吗？ 女售票员在里面恶声恶气地回答，后面排队去，杨泊就站到了买票队伍后面，他听见前面有人在说，还卧铺呢，马上坐票都没有啦；又有人牢骚满腹地说，这么冷的天，怎么都不肯在家待着，怎么都发疯地往北面跑呢？ 杨泊在队伍后面轻轻地一笑，杨泊说，这话说得没有逻辑，既然是这么冷的天，那你为什么也要往北面跑呢？ 发牢骚的人显然没有听见杨泊的驳斥，他开始用粗鲁下流的语言咒骂铁路、售票员以及整个社会的不正之风。 这回杨泊笑出了声，杨泊觉得到处都是这种不负责任的怨气和指责，他们缺乏清晰的哲学头脑和理论修养，而问题的关键在于他们没有耐心，没有方法也没有步骤。

有个穿风衣的人在后面拉杨泊的衣袖，他说，到北京的卧铺票，加两包烟钱就行，杨泊坚决地摇了摇头，不，我排队。 杨泊觉得那个人很可笑，只要我排队，自然应该买到票，我为什么要多付你两包烟钱？ 那个人说，别开国际玩笑了，你以为你排队就能买到票了？ 我告诉你，加两包烟钱你不会吃亏的，我给你二十块钱车票怎么样？ 可以给单位报销的。 杨泊仍然摇着头，杨泊说，不，我不喜欢这样，该怎样就怎样，我不会买你这种不明不白的票。 那个人鄙夷地将杨泊从头到脚扫视了一遍，突然骂道，你是个傻×。 杨泊一惊，你说什么？ 那个人愤愤地重复了一遍，傻×，傻×，然后他推了杨泊一把，从排队队伍中穿插过去。 杨泊目瞪口呆地望着那个人钻进南方票的队伍中，杨泊觉得他受到了一场莫名其妙的侮辱，幸好他已经排到了售票窗口，他把握着钱的手伸进去，被女售票员用力推开了，她说，你手伸那么长干什么？ 杨泊说，买票呀，到北京的卧铺票。 女售票员啪啪地在桌上敲打着什么东西，谁告诉你有票的？ 没有卧铺票了。 说着她站起来把窗口的移门关上了。 杨泊伸手去推已经推不开了，他说，没卧铺就买硬座，你关门干什么？ 女售票员在里面瓮声瓮气地说，不卖了，下班了，你们吵得我头疼。 杨泊看着手表，离售票处的休息时间还有半个钟头，可她却不卖票了，她说她头疼。 杨泊怒不可遏，朝着玻璃窗吼了一句，你混账。 他听见女售票员不愠不恼地回答，你他妈的才混账呢，有意见找领导提去。

　　杨泊沮丧地走到外面的台阶上，几个票贩子立刻跟了上来，那个穿风衣的也在里面，他幸灾乐祸地朝杨泊眨眨眼睛，怎么样？ 买到卧铺票啦？ 杨泊站在台阶上茫然环顾四周，他说，这个世界有时候无理可讲。 穿风衣的人扬了扬手中的车票，怎么样？ 现在肯付两包烟钱了吧。 杨泊注视着那个人的脸，沉默了一会儿，最后他微笑着摇了摇头。 不，杨泊说，我决不妥协。

这天杨泊的心情坏透了。 杨泊的心中充满了一种广袤的悲观和失望。 他想也许这是天气恶劣的缘故，当一个人的精神轻如草芥的时候，狂暴的北风就变得残忍而充满杀机。 杨泊觉得大风像一只巨手推着他在街上走，昨夜挨打后留下的伤处似乎结满了冰碴儿，那种疼痛是尖利而冰冷的，令人无法忍受。 路过一家药店时，杨泊走进去买了一瓶止痛药，女店员狐疑地盯着他脸上的口罩和墨镜，你哪里疼？ 杨泊指了指口罩后面的脸颊，又指了指胸口，他说，这儿疼，这儿也疼，到处都有点疼。

星期一杨泊去公司上班，同事们都看见了他脸上的伤，没等他们开口问，杨泊自己作了解释，他说，昨天在房顶上修漏雨管，不小心摔下去了，没摔死就算命大了。 哈哈。

杨泊拿了一沓公文走进经理办公室，默默地把公文交还给经理，他说，这趟差我出不成了，你另外找人去吧。

怎么啦？ 经理很惊讶地望着杨泊，不是你自己想去吗？

买不到车票。 杨泊说。

怎么会买不到车票？ 没有卧铺就买坐票，坐票有补贴的，你也不会吃亏。

不是这个问题。主要是恶心，我情绪不好，杨泊摸了摸脸上的瘀伤，他说，我昨天从房顶上摔下来了。

莫名其妙。经理有点愠怒，他收起了那沓公文，又专注地盯了眼杨泊脸上的伤处，我知道你在闹离婚，我不知道你是怎么想的，你妻子那么贤惠能干，你孩子也很招人喜欢，我不知道你为什么也要赶离婚的时髦？

离婚不是时髦，它是我的私事，它只跟我的心灵有关。杨泊冷静地反驳道。

那你也不能为私事影响工作。经理突然拍了拍桌子，他明显是被杨泊激怒了，什么买不到车票，都是借口，为了离婚你连工作都不想干了，不想干你就给我滚蛋。

我觉得你的话逻辑有点混乱。杨泊轻轻嘀咕了一句，他觉得经理的想法很可笑，但他不想更多地顶撞他，更不想作冗长的解释。杨泊提起桌上的热水瓶替经理的茶杯续了一杯水，然后微笑着退出了经理的办公室。他对自己的行为非常满意。

在走廊上杨泊听见有个女人在接待室里大声啼哭，他对这种哭声感到耳熟，紧接着又听见一声凄怆的哭喊，他凭什么抛弃我？这时候杨泊已经准确无误地知道是朱芸来了，杨泊在走廊上焦灼地徘徊了一会儿，心中充满了某种言语不清的恐惧。他蹑足走到接待室门口，朝里面探了探脑袋。他看见几个女同事围坐在朱芸身边，耐心而满怀怜悯地倾听她的哭诉。

只有他对不起我的事，没有我对不起他的事，他凭什么跟我离婚？ 朱芸坐在一张木条长椅上边哭边说，她的头发蓬乱不堪，穿了件男式的棉大衣，脚上则不合时宜地套了双红色的雨靴。 女同事们拉着朱芸的手，七嘴八舌地劝慰她，杨泊听见一个女同事在说，你别太伤心了，小杨还不懂事，我看他是头脑发热一时冲动。 我们会劝他回头的，你们夫妻也应该好好谈谈，到底有什么误会？ 这样哭哭闹闹的多不好。

自作聪明，杨泊苦笑着摇了摇头，他倚墙站着，他想知道朱芸到公司来的真正目的。 如果她认为这样会阻挠离婚的进程，那朱芸未免太愚蠢了。

我们结婚时他一分钱也没有，房子家具都是我家的，连他穿的三角裤头、袜子都是我买的，我图他什么？ 图他老实。 谁想到他是装的，他是陈世美，他喜新厌旧，现在勾搭上一个女人，就想把我一脚蹬了。 你们替我评评这个理吧。朱芸用手帕捂着脸边哭边说，说着她站了起来，我要找你们的领导，我也要让他评评这个理。

杨泊看见朱芸从接待室里冲出来，就像一头狂躁的母狮。 杨泊伸手揪住了朱芸的棉大衣的下摆，朱芸回过头说，别碰我，你抓着我干什么？ 杨泊松开了手，他说，我让你慢点走，别性急，经理就在东面第三间办公室。

走廊上已经站满了人，他们都关注地望着杨泊。 杨泊从地上捡起一张报纸挡着自己的脸，走进了楼道顶端的厕所。

他将厕所门用力撞了三次，嘭，嘭，嘭，然后就朝走廊上的人喊，我在厕所里，你们想来就来看吧。 走廊上的人窃窃私语，杨泊朝他们做了个鄙夷的鬼脸，然后走到了蹲坑上。 抽水马桶已经坏了，蹲坑里储存着别人的可恶的排泄物，周围落满了各种质地的便纸，一股强烈的恶臭使杨泊感到反胃，他屏住呼吸蹲了下来。 他想一个人是经常会被恶臭包围的，怎么办？ 对付它的最好办法就是屏住呼吸。 杨泊的耳朵里依然有朱芸的哭诉声回荡着，他尽量不去想她和经理谈话的内容。 现在他被一面墙和三块红漆挡板包围着，他发现其中一块挡板被同事们写满了字，有几排字引起了杨泊的关注：

邹经理是条色狼

我要求加三级工资

我要出国留学啦

杨泊不大赞赏在厕所挡板上泄私愤的方法，但他喜欢这种独特的自娱态度。 最后他也从口袋里掏出双色圆珠笔，在挡板上飞快地写了一排字：

我要离婚

冬天杨泊终于还是去北京出了一趟差。 火车驶至河北省境内时，突然出了件怪事，有一辆货车竟然迎面朝杨泊乘坐的客车奔驰而来。 杨泊当时正趴在茶案上打瞌睡，他依稀觉到火车停下来了，人们都探出车窗朝一个方向张望。 事情终于弄清楚了，是扳道工扳错了轨道，两列相向而行的火车相距只有一百多米了。 杨泊吓了一跳，在漫长的临时停车时间里，他听见车厢里的人以劫后余生的语气探讨事故的起因和后果，而邻座的采购员愤愤不平地对杨泊说，你说现在的社会风气还像话吗？ 扳道工也可以睡觉，拿我们老百姓的性命当儿戏。杨泊想了一会儿扳道的事，在设想了事故的种种起因后，他宽宥了那个陌生的扳道工。 杨泊淡然一笑说，谁都会出差错，也许扳道工心神不定，也许他正在跟妻子闹离婚呢。

　　杨泊用半天时间办完了所有公务。 剩下的时间他不知道怎么打发。 这是他生平第二次来到北京。 第一次是跟朱芸结婚时的蜜月旅行，他记得他们当时住在一家由防空洞改建的旅馆里，每天早出晚归，在故宫、北海公园和颐和园之间疲于奔命。 现在他竟然回忆不出那些景点的风景了，只记得朱芸的那条白底蓝点的连衣裙，它带着一丝汗味和一丝狐臭像鸟一样掠过。 那段日子他很累，而且他的眼球在北京的浩荡人群里疼痛难忍，他还记得旅馆的女服务员郑重地告诫他们，不要弄脏床单，床单一律要过十天才能换洗。 杨泊在西直门立交桥附近徘徊了一会儿，忽然想起几个女同事曾经托他买果脯和茯苓夹饼之类的东西，他就近跳上了一辆电车。时值正午时分，车上人不多，穿红色羽绒服的男售票员指着杨泊说，喂，你去哪儿？ 杨泊一时说不上地名，哪儿热闹就去哪儿，随便。 售票员瞪了杨泊一眼，从他手上抢过钱，他说，火葬场最热闹你去吗？ 土老帽，捣什么乱？ 杨泊知道他在骂人，脸色气得发白，你怎么随便骂人呢？ 售票员鼻孔里哼了一声，他挑衅地望着杨泊的衣服和皮鞋，你找练吗？他说，傻×，你看你还穿西装挂领带呢！ 杨泊忍无可忍，一把揪住了对方的红色羽绒服。 你怎么随便侮辱人呢？ 杨泊只是拽了拽售票员的衣服，他没想到售票员就此扭住了他的肘关节。 傻×，你他妈还想打我？ 售票员骂骂咧咧地把杨泊推到车门前。 这时候杨泊再次痛感到自己的单薄羸弱，他竟然无力抵抗对方更进一步的侮辱。 车上其他的人面无表情，前面有人问，后面怎么回事？ 穿红羽绒服的售票员高声说，碰上个无赖，开一下车门，我把他轰下去。 紧接着车门在降速中启开，杨泊觉得后背被猛地一击，身体便摔了出去。

杨泊站在一块标有青年绿岛木牌的草圃上，脑子竟然有点糊涂，脚踝处的胀疼提醒他刚才发生了什么。 真荒谬，真倒霉。 杨泊沮丧地环顾着四周，他觉得那个穿红羽绒服的小伙子情绪极不正常，也许他也在闹离婚。 杨泊想，可是闹离婚也不应该丧失理智，随便伤害一个陌生人。 杨泊又想也许不能怪别人，也许这个冬天就是一个倒霉的季节，他无法抗拒倒霉的季节。

马路对面有一家邮电局。 杨泊后来走进了邮电局，他想给俞琼挂个电话说些什么。 电话接通后他又后悔起来，他不知道该说些什么，心莫名其妙跳得很快。

喂，你是谁？ 俞琼在电话里很警惕地问。

我是一个倒霉的人。 杨泊愣怔了一会儿说。

是你。 你说话老是没头没脑的。 俞琼好像叹了一口气，然后她的声调突然快乐起来，你猜我昨天干什么去了？我去舞厅跳通宵迪斯科了，跳得累死了，跳得快活死了。

你快活就好，我就担心你不快活。 杨泊从话筒中隐隐听见一阵庄严的音乐，旋律很熟悉，一时却想不起曲名，他说，你那边放的是什么音乐？

是你送给我的磁带，《结婚进行曲》。

别说话，让我听一会儿吧。 请你把音量拧大一点。 杨泊倚着邮电局的柜台，一手紧抓话筒，另一只手捂住另一只耳朵来阻隔邮电局的各种杂音。 他听见《结婚进行曲》的旋律在遥远的城市响起来，像水一样洇透了他的身躯和灵魂，杨泊打了个莫名的冷战，他的心情倏地变得辽阔而悲怆起来。 后来他不记得电话是怎样挂断的，只依稀听见俞琼最后的温柔的声音，我等你回来。

这天深夜杨泊由前门方向走到著名的天安门广场。 空中飘着纷纷扬扬的细雪，广场上已经人迹寥落，周围的建筑物在夜灯的照耀下呈现出一种直角的半明半暗的轮廓。 杨泊绕着广场走了一圈，他看见冬雪浅浅地覆盖着这个陌生的圣地，即使是那些照相点留下的圆形木盘和工作台，也都在雪夜里呈现肃穆圣洁的光芒。 杨泊竭力去想象在圣地发生的那些重大历史事件，结果却是徒劳。 他脑子里依然固执地盘桓着关于离婚的种种想法。 杨泊低着头，用脚步丈量纪念碑和天安门城楼间的距离，在一步一步的丈量中他想好了离婚的步骤：一、要协议离婚，避免暴力和人身伤害；二、要给予朱芸优越的条件，在财产分配和经济上要做出牺牲；三、要提前找房子，作为新的栖身之地；四、要为再婚做准备，这些需要同俞琼商量。 杨泊的思路到这里就堵塞了，俞琼年轻充满朝气的形象也突然模糊起来，唯一清晰的是她的乌黑深陷的马来人种的眼睛，它含有一半柔情一半鄙视，始终追逐和拷问着杨泊，你很睿智，你很性感，但你更加怯懦。 杨泊想起俞琼在一次做爱后说过的话，不由得感伤起来。 夜空中飞扬的雪花已经打湿了他的帽子和脖颈，广场上荡漾着湿润的寒意。 杨泊发现旗杆下的哨兵正在朝他观望，他意识到不该在这里逗留了。

杨泊觉得在天安门广场考虑离婚的事几乎是一种亵渎，转念一想，这毕竟是个人私事，它总是由你自己解决问题，人大常委会是不可能在人民大会堂讨论这种事的。 杨泊因此觉得自己夜游广场是天经地义的自由。

杨泊推开家门，意外地发现朱芸母子俩已经回家了，尿布和内衣挂在绳子上，还在滴水，地上扔满了玩具和纸片，孩子正端坐在高脚痰盂上，他在拉屎，朱芸的一只手扶着孩子，另一只手中还抓着一件湿衣服。 她直起腰望着杨泊，目光很快滑落到他的旅行袋上，有一丝慌乱，也有一丝胆怯。

你爸爸回来了，快叫爸爸，朱芸轻轻地推了孩子一把。孩子茫然地看了看杨泊，又低头玩起积木来。 朱芸说，你看你这傻孩子，你不是天天吵着要爸爸吗？

杨泊放下旅行袋走过去，亲了亲孩子的脸颊，孩子的脸上有成人用的面霜的香气，是朱芸惯常搽的那种香粉。 除此之外，杨泊还闻到了一股粪便的臭味。 他皱了皱眉头，用一种平淡的口气问，什么时候回来的？

我给你熬了一锅鸡汤。 朱芸没有回答杨泊的话，她看着厨房的方向说，汤里放了些香菇，还热着呢，你去盛一碗喝。

不想喝，你自己喝吧。

我打电话给你们公司，知道你今天回来。 我是特意为你熬的鸡汤，你喜欢喝的。

那是以前，现在我对美味佳肴没什么兴趣，让我伤脑筋的是生存问题。 杨泊脱掉鞋子躺在床上，他说，我很累，昨天夜里一夜没合眼。 杨泊觉得背上袭来一阵凉意，侧身一看是一块棉垫子，垫子被孩子尿得精湿，杨泊拎起它看了看，然后扔到了地上。 讨厌。 杨泊说。

你怎么扔地上？ 朱芸捡起了垫子，她的表情变得很难看，你连孩子也讨厌了？ 孩子尿床是正常的，你怎么连孩子也讨厌了？

我只是讨厌这块垫子，请你不要偷换主题。

你讨厌我我也没办法，孩子是你的亲骨血，他有什么错？你凭什么讨厌你自己的孩子呢？

我不知道。杨泊翻了个身，将脸埋在发潮的被褥里，他听见朱芸急促的喘气声，那是她生气的标志。杨泊突然意识到自己的邪恶的欲念，他想惹朱芸发怒，他想打碎她贤惠体贴的面具。每个人都讨厌我，即使是一个北京的电车售票员，杨泊闷声闷气地说，所以我也有理由恨别人，讨厌你们每一个人。

别骗人了。朱芸讥嘲地一笑，她开始窸窸窣窣地替孩子擦洗，她说，那么你连俞琼也讨厌啦？讨厌她为什么还要跟她一起鬼混？

我不知道，也许连她也令我讨厌，这恰恰是我们生存中最重要的问题。杨泊朝空中挥了挥手，他从棉被的缝隙中窥视着朱芸，这些问题我没有想透，而你更不会理解，因为你只会熬鸡汤洗衣服，你的思想只局限在菜场价格和银行存款上。你整天想着怎样拖垮我，一起往火坑里跳。

杨泊发现朱芸紧咬着嘴唇，她的脸色变成钢板一样的铁青色。杨泊以为她会暴怒，以为她会撒泼，奇怪的是朱芸没这么做。朱芸抱着孩子呆立在痰盂旁，张着嘴望着天花板，杨泊听见她轻轻地嘀咕了一声，好像在骂放屁，然后她抱着孩子走到外间去了。房门隔绝了母子俩的声音和气息，这让杨泊感到轻松。他很快就在隐隐的忧虑中睡着了。在梦中杨泊看见孩子的条形粪便在四周飘浮，就像秋天的落叶，他的睡梦中的表情因而显得惊讶和厌恶。

不知道天是怎样一点点黑下来的，也不知道邻居们在走廊上突然发生的争吵具体内容是什么。 杨泊后来被耳朵后根的一阵微痒弄醒，他以为是一只虫子，伸手一抓抓到的却是朱芸的手指。 原来是朱芸在抚摸他耳后根敏感的区域。 你想干什么？ 杨泊挪开朱芸的手，迷迷糊糊地说，现在我不喜欢这样。 在静默了一会儿以后，他再次感觉到朱芸那只手对他身体的触摸，那只手在他胸前迟滞地移动着，最后滑向更加敏感的下身周围。 杨泊坐了起来，惊愕地看了看朱芸，他看见朱芸半跪在床上，穿着一件半透明的粉红色睡裙，她的头发像少女时代那样披垂在肩上，朱芸深埋着头，杨泊看不见她的脸。 你怎么啦？ 他托起了她的下颌，他看见朱芸凄恻哀伤的表情，朱芸的脸上沾满泪痕。

别跟我离婚，求求你，别把我这样甩掉。 朱芸的声音听上去就像梦呓。

穿这么少你会着凉的。 杨泊用被子护住了自己的整个身体，他向外挪了下位置，这样朱芸和他的距离就远了一点。这么冷的天，你小心着凉感冒了。 他说。

别跟我离婚。 朱芸突然又哽咽起来，她不断地绞着手中的一绺头发，我求你了，杨泊，别跟我离婚，以后你让我怎样我就怎样，我会对你好的。

我们不是都谈好了吗？ 该谈的都谈过了，我尊重我自己的人格和意愿，我决不随意改变自己的决定。

狠心的畜生，朱芸沉默了一会儿，眼睛中掠过一道绝望的白光。她说，你是在逼我，让我来成全你吧。我死给你看，我现在就死给你看。她跳下床朝窗户扑过去，拨开了窗户的插销。风从洞开的窗户灌进来，杨泊看见朱芸的粉红色睡裙疾速地膨胀，看上去就像一只硕大的气球。我现在就死给你看。朱芸尖声叫喊着，一只脚跨上了窗台，杨泊就是这时候冲上去的。杨泊抱住了她的另一只脚，别这样，他说，你怎么能这样？朱芸呜呜地大哭起来，风吹乱了她的发型，也使她的脸显出病态的红润，别拽我，你为什么要拽住我？朱芸用手掌拍打着窗框，她的身体僵硬地保持着下滑的姿势，我死了你就称心了，你为什么不让我去死？杨泊只是紧紧地抱住她的腿，突如其来的事件使他头脑发晕，他觉得有点恐怖，在僵持中他甚至听见一阵隐蔽而奇异的笑声，那无疑是对他的耻笑，它来自杨泊一贯信奉的哲学书籍，也来自别的人群。笑声中包含了一个棘手的问题，要出人命了，你现在怎么办？

杨泊后来把朱芸抱下窗台，已经是大汗淋漓，他把朱芸扔到地上，整个身体像发疟疾似的不停颤抖，而且无法抑制，杨泊就把棉被披在身上，绕着朱芸走了几圈，他对朱芸说，你的行为令人恐怖，也令人厌恶。他看见朱芸半跪半躺在地上，手里紧捏着一把水果刀，朱芸的眼神飘荡不定，却明确地含有某种疯狂的挑战性。请你放下刀子，杨泊上去夺下了水果刀，随手扔到了窗外，这时候他开始感到愤怒，他乒乒乓乓关上了窗子，一边大声喊叫，荒谬透顶，庸俗透顶，这跟离婚有什么关系？ 难道离婚都要寻死觅活的吗？

我豁出去了。 朱芸突然说了一句，她的声音类似低低的呻吟，要死大家一起死，谁也别快活。

你说什么？ 杨泊没有听清，他回过头时朱芸闭上了眼睛。 一滴泪珠沿着鼻翼慢慢滑落。 朱芸不再说话，她身上的丝质睡裙现在凌乱不堪，遮掩着一部分冻得发紫的肉体。 杨泊皱了皱眉头，他眼中的这个女人就像一堆粉红色的垃圾，没有生命，没有头脑，但它散发的腐臭将时时环绕着他。 杨泊意识到以前低估了朱芸的能量，这也是离婚事宜拖延至今的重要原因。

星期三下午是例行约会的时间，地点在百货大楼的鞋帽柜台前。 这些都是俞琼选定的，俞琼对此曾作过解释，因为星期三下午研究所政治学习，当杨泊的电话拨到研究所的会议室时，俞琼就对领导说，我舅舅从广州来了，我要去接站了，或者说，我男朋友让汽车撞了，我马上去医院看他。 至于选择鞋帽柜台这种毫无情调的约会地点，俞琼也有她的理由，这个地方别出心裁，俞琼说，可以掩人耳目，也不怕被人撞到。 我们尽管坐着说话，假如碰到熟人，就说在试穿新皮鞋。

两个人肩并肩地坐在一张简易的长椅上。 有个男人挤在一边试穿一双白色的皮鞋，脱了旧的穿新的，然后又脱了新的穿旧的。 杨泊和俞琼都侧转脸看着那个男人，他们闻到一股脚臭味，同时听见那个男人嘟囔了一句，不舒服，新鞋不如旧鞋子舒服。 俞琼这时候捂着嘴笑起来，肩膀朝杨泊撞了一下。

你笑什么？ 杨泊问俞琼。

他说的话富有哲理，你怎么一点反应也没有？

我笑不出来，每次看见这么多的人，这么多的脚，我就烦躁极了，我们不应该在这里约会。

他说新鞋子不如旧鞋子舒服，俞琼意味深长地凝视着杨泊，肩膀再次朝杨泊撞了一下。 这个问题你到底怎么想？

他是笨蛋。 杨泊耸了耸肩膀，他说，他不懂得进化论，他无法理解新鞋子和旧鞋子的关系。 这种似是而非的话不足以让我们来讨论。 我们还是商定一下以后约会的地点吧，挑个僻静的公园，或者就在河滨一带，或者就在你的宿舍里也行。

不。 俞琼微笑着摇了摇头，她的表情带有一半狡黠和一半真诚，我不想落入俗套，我早就宣布过，本人的恋爱不想落入俗套。 否则我怎么会爱上你？

你的浪漫有时让我不知所措。 杨泊看了看对面的鞋帽柜台，那个试穿白皮鞋的男人正在和营业员争辩着什么，他说，皮鞋质量太差，为什么非要我买？ 你们还讲不讲一点民主啊？ 杨泊习惯性地捂了捂耳朵。 杨泊说，我真的厌恶这些无聊的人，难道我们不能换个安静点的地方说说话吗？

可是我喜欢人群。 人群使我有安全感。 俞琼从提包里取出一面小圆镜，迅速地照了照镜子，她说，我今天化妆了，你觉得我化妆好看吗？

你怎样都好看，因为你年轻。 杨泊看见那个男人终于空着手离开了鞋帽柜台，不知为什么他舒了一口气。 下个星期三去河滨公园吧，杨泊说，你去了就会喜欢那里的。

我知道那个地方，俞琼慢慢地拉好提包的拉链，似乎在想着什么问题。 她的嘴唇浮出一层暗红的荧光，眼睛因为画过黑晕而更显妩媚。 杨泊听见她突然暧昧地笑了一声，她说，知道我为什么不想在公园约会吗？

你不想落入俗套，不想被人撞见，这你说过了。

那是借口，想知道真正的原因吗？ 俞琼将目光转向别处，她轻声说，因为你是个有妇之夫，你是个已婚男人，你已经有了个两岁多的儿子。

这就是原因？ 杨泊苦笑着摇了摇头，他忍不住去扳俞琼的肩膀，却被她推开了。 俞琼背向他僵直地坐在简易长椅上，身姿看上去很悲哀。 杨泊触到了她的紫红色羊皮外套，手指上是冰凉的感觉。 那是杨泊花了私藏的积蓄给她买的礼物，他不知道为什么羊皮摸上去也是冰凉的，杨泊的那只手抬起来，盲目地停留在空中。 他突然感到颓丧，而且体验到某种幻灭的情绪。 可是我正在办离婚，杨泊说，你知道我正在办离婚。 况且从理论上说，已婚男人仍然有爱和被爱的权利，你以前不是从来不在乎我结过婚吗？

恶心。 知道吗？ 有时候想到你白天躺在我怀里，夜里却睡在她身边，我真是恶心透了。

是暂时的。 现实总是使我们跟过去藕断丝连，我们不得不花力气斩断它们，新的生活总是这样开始的。

你的理论也让我恶心。 说穿了你跟那些男人一样，庸庸碌碌，软弱无能。 俞琼转过脸，冷冷地扫了杨泊一眼，我现在有点厌倦，我希望你有行动，也许我们该商定一个最后的期限了，你明白我的意思吗？

问题是她把事情恶化了。 前天夜里她想跳楼自杀。

那是恐吓，那不过是女人惯常的手段。 俞琼不屑地笑了笑，你相信她会死？ 她真要想死就不当你面死了。

我不知道，我只是不想把简单的事情搞得这么复杂。 有时候面对她，我觉得我的意志在一点点地崩溃，最可怕的问题就出在这儿。

两个人沉默了一会儿，听见百货大楼打烊的电铃声清脆地响了起来。 逛商店的人群从他们面前匆匆退出。 俞琼先站了起来，她将手放到杨泊的头顶，轻轻地摸了摸他的头发。 杨泊想抓住她的手，但她敏捷地躲开了。

春天以前离婚吧，我喜欢春天，俞琼最后说。

他们在百货大楼外面无言地分手。 杨泊看见俞琼娇小而匀称的身影在黄昏的人群中跳跃，很快就消失不见了。 大街上闪烁着最初的霓虹灯光，空气中隐隐飘散着汽油、塑料和烤红薯的气味。 冬天的街道上依然有拥挤的人群来去匆匆。杨泊沿着商业区的人行道独行，在一个杂货摊上挑选了一只红颜色的气球。 杨泊抓着气球走了几步，手就自然放开了，他看见气球在自己鼻子上轻柔地碰撞了一下，然后朝高空升上去。 杨泊站住了仰起脸朝天空看，他觉得他的思想随同红色气球越升越高，而他的肢体却像一堆废铜烂铁急剧地朝下坠落。 他觉得自己很疲倦，这种感觉有时和疾病没有区别，它使人焦虑，更使人心里发慌。

杨泊坐在街边栏杆上休息的时候，有一辆半新的拉达牌汽车在他身边紧急刹车。 大头的硕大的脑袋从车窗内挤出来。 喂，你去哪儿? 大头高声喊，我捎你一段路，上车吧。 杨泊看见大头的身后坐个浓妆艳抹的女人，杨泊摇了摇头。 没关系，是我自己的车，大头又说，你客气什么? 还要我下车请你吗? 杨泊皱着眉头朝他摆了摆手，他说，我哪儿也不去。 真滑稽，我为什么非要坐你的车? 大头缩回车内，杨泊清晰地听见他对那个女人说，他是个超级傻×，闹离婚闹出病来了。 杨泊想回敬几句，话到嘴边又咽回去了。 想想大头虽然无知浅薄，但他毕竟借了两万元给自己。

黄昏六点钟，街上的每个人都在往家走。 杨泊想他也该回家了，接下来的夜晚他仍将面对朱芸，唇枪舌剑和哭哭笑笑，悲壮的以死相胁和无休无止的咒骂。 虽然他内心对此充满恐惧，他不得不在天黑前赶回家去，迎接这场可怕的冗长的战役。 杨泊就这样看见了家里的窗户，越走越慢，走进旧式工房狭窄的门洞，楼上楼下的电视机正在播放国际新闻，他就站在杂乱的楼梯拐角听了一会儿，关于海湾战争局势，关于苏联的罢工和孟加拉国的水灾，杨泊想整个世界和人类都处于动荡和危机之中，何况他个人呢！ 杨泊在黑暗里微笑着思考了几秒钟，然后以一种无畏的步态跨上了最后一级楼梯。

一个女邻居挥着锅铲朝杨泊奔来，你怎么到现在才回家？ 女邻居边跑边说，朱芸服了一瓶安眠药，被拉到医院去了，你还不赶快去医院？ 你怎么还迈着四方步呢？

杨泊站在走廊上，很麻木地看着女邻居手里的锅铲。 他说，服了一瓶？ 没这么多，我昨天数过的，瓶子里只有九颗安眠药。

你不像话！ 女邻居的脸因愤怒而涨红了，她用锅铲在杨泊的肩上敲了一记，朱芸在医院里抢救，你却在计较瓶子里有多少安眠药，你还算人吗？ 你说你还算人吗？

可是为什么要送医院，我昨天问过医生，九颗安眠药至多昏睡两天，杨泊一边争辩着一边退到楼梯口，他看见走廊上已经站满了邻居，他们谴责的目光几乎如出一辙。 杨泊蒙住脸呻吟了一声。 那我就去吧。 杨泊说着连滚带爬地跌下了楼梯。 在门洞里他意外地发现那只褐色的小玻璃瓶，他记得就在昨天早晨看见过这只瓶子，它就放在闹钟边上，里面装有九颗安眠药。 他猜到了朱芸的用意。 他记得很清楚，有个富有经验的医生告诉他，九颗安眠药不会置人于死地，只会令服用者昏睡两天。

在市立医院的观察室门口，杨泊被朱芸的父母和兄弟拉住了，他们怒气冲冲，不让他靠近病床上的朱芸，朱芸的母亲抹着眼泪说，你来干什么？ 都是你害的她，要不是我下午来接孩子，她就没命了。 杨泊在朱家众人的包围下慢慢蹲了下来，他深深地叹了口气，事情已经偏离了正常的轨道。 杨泊竖起食指在地上画着什么，他诚挚地说，我没有办法制止她的行为。 朱芸的哥哥在后面骂起来，你以为你是个什么东西？ 想跟她结婚就结婚，想跟她离婚就离婚？ 杨泊回过头看了看他，杨泊的嘴唇动了动，最后什么也没有说。

有个女护士从观察室里走出来，她对门口的一堆人说，你们怎么甩下病人在这里吵架？ 十七床准备灌肠了。 杨泊就是这时候跳了起来。 杨泊大声说，别灌肠，她只服了九颗安眠药。 周围的人先是惊愕地瞪大了眼睛，紧接着响起一片粗鄙的咒骂声。 杨泊被朱芸的兄弟们推搡着走。 别推我，我发誓只有九颗，我昨天数过的，杨泊跌跌撞撞地边走边说。 很快他就被愤怒的朱芸兄弟悬空架了起来，他听见有个声音在喊，把他扔到厕所里，揍死这个王八蛋，杨泊想挣脱却没有一丝力气，他觉得自己像一只垂死的羚羊陷入了暴力的刀剑之下。 我没有错，你们的暴力不能解决问题。 杨泊含糊地嘟哝着，任凭他们将他的头摁在厕所的蹲坑里，有人拉了抽水马桶的拉线，五十升冰凉的贮水混同蹲坑里的粪液一起冲上了杨泊的头顶。 杨泊一动不动，杨泊的血在顷刻间凝结成冰凌，它们在体内凶猛地碰撞，发出清脆的断裂的声音。 摁紧他的头，让他清醒清醒。 又有人在喊。 杨泊依稀记得抽水马桶响了五次，这意味着二百五十升冷水冲灌了他的头。 后来杨泊站起来，一口一口地吐出嘴里的污水，他用围巾擦去脸上的水珠，对那些侮辱他的人说，没什么，这也是一种苦难的洗礼。

这个冬天杨泊几乎断绝了与亲朋好友的来往。 唯一的一次是他上门找过老靳。 老靳是杨泊上夜大时的哲学教师，他能够成段背诵黑格尔、叔本华和海德格尔的著作。 他是杨泊最崇拜的人。 杨泊去找老靳，看见他家的木板房门上贴了张纸条，老靳已死，谢绝探讨哲学问题。 杨泊知道他在开玩笑。 杨泊敲了很长时间的门，跑来开门的是老靳的妻子。她说，老靳不在，他在街口卖西瓜。 杨泊半信半疑，老靳卖西瓜？ 老靳怎么会卖西瓜？ 老靳的妻子脸色明显有些厌烦，她把门关上一点，露出半张脸对杨泊说，我在做自发功，你把我的气破坏掉了。

杨泊走到街口果然看见了老靳的西瓜摊。 老靳很孤独地守卫着几十只绿皮西瓜，膝盖上放着一只铝质秤盘。 杨泊觉得有点尴尬，他走到老靳身边拍了拍他的肩膀，恭喜发财了，老靳。

狗屁，老靳搬了个小马扎给杨泊，老靳的表情倒是十分坦荡，他说，守了三天西瓜摊，只卖了三个半西瓜。 大冬天的，上哪儿搞来的西瓜？ 杨泊说。

从黑格尔那里。 有一天老黑对我说，把我扔到垃圾堆里去吧，你有时间读我的书，不如上街去捞点外快。 老靳说着突然哈哈大笑起来。 他摘下眼镜在杨泊的衣服上擦了擦，老黑还对我说，生存比思想更加重要，你从我这里能得到的，在现实中全部化为乌有，思想是什么？ 是狗屁，是粪便，是一块被啃得残缺不全的西瓜皮。

我不觉得你幽默，你让我感到伤心。 杨泊朝一个西瓜踢了一脚，他说，想不到你这么轻易地背弃了思想和信仰。

别踢我的西瓜。 老靳厉声叫起来。 他不满地瞟了杨泊一眼。 老靳说，别再跟我探讨哲学问题，假如你一定要谈，就掏钱买一个西瓜，卖给你可以便宜一点。 说真的，你买一个西瓜回家给儿子吃吧，冬天不容易吃到西瓜。

那你替我挑一个吧。 杨泊说。

这才够朋友。 老靳笨拙地打秤称西瓜的分量，嘴里念念有词，十块零三毛，零头免了，你给十块钱吧。 老靳把西瓜抱到杨泊的脚边，抬头看看杨泊失魂落魄的眼睛，他发现杨泊在这个冬天憔悴得可怕。 听说你也在闹离婚？ 老靳说，你妻子已经服过安眠药了吧？

你怎么知道的？ 杨泊疑惑地问。

我有经验，我已经离过两次婚了。 老靳沉吟着说，这是一场殊死搏斗，弄不好会两败俱伤，你知道吗？ 我的一只睾丸曾被前妻捏伤过，每逢阴天还隐隐作痛。

我觉得我快支撑不住了，我累极了。我觉得我的脑髓心脏还有皮肤都在淌血。杨泊咬着嘴唇，他的手在空中茫然地抓了一把，说实在的我有点害怕，万一真的出了人命，我不知道下面该怎么办。

要动脑子想，老靳狡黠地笑了笑，他说，我前妻那阵子差点要疯了，我心里也很害怕。你知道我后来用了什么对策？我先发疯，在她真的快疯之前我先装疯，我每天在家里大喊大叫，又哭又笑的，我还穿了她的裙子跑到街上去拦汽车，我先发疯她就不会疯了，她一天比一天冷静，最后离婚手续就办妥啦。

可是我做不出来，我有我的目标和步骤。杨泊从大衣口袋里掏出仅有的十块钱，放进老靳的空无一文的钱箱里。杨泊说，我做了所有的努力，然后眼睁睁地看着它们成为泡影，事情一步步地走向反面，你不知道我心里是什么滋味。我每天在两个女人的阴影下东奔西走，费尽了口舌和精力，我的身上压着千钧之力，有时候连呼吸都很困难。

看来问题还是出在你自己身上，你真该看看我写的一本书，你猜书名叫什么？《离婚指南》。本来今年夏天就该出书的，不知出版社为什么拖到现在还没出来。

什么书？你说你写了一本什么书？

《离婚指南》。老靳颇为自得地重复了一遍，是指导人们怎样离婚的经典著作，我传授了我的切身体验和方式方法，我敢打赌谁只要认真读上一遍，离婚成功率起码达到百分之九十以上。

你总算对人类做了一点贡献。 杨泊闷闷不乐的脸上终于露出了笑容，杨泊这次笑得很厉害，他不停地捶着老靳说，我要看，我想看，等书出来后一定送我一本。

那当然，对所有离婚的人都八折优惠。

杨泊帮着老靳做了两笔生意就走了，他把那个海南西瓜夹在自行车的后架上，骑了没多远听见背后响起嘭的一声，回头一看是西瓜掉了，西瓜在街道上碎成两瓣，瓜瓤是淡粉色的。 这个王八蛋。 杨泊骂了一句，他没有下车去捡。 杨泊回忆着老靳说的话，你先发疯她就不会疯了。 这话似乎有点道理。 问题在于他厌恶所有形式的阴谋，即使是老靳式的装疯卖傻。 我很正常，杨泊骑在车上自己笑起来，万一装疯以后不能恢复正常呢，万一真的变疯了怎么办呢。

公司扣去了杨泊的奖金，理由是杨泊已经多次无缘无故地迟到早退。 杨泊在财务科无话可说，出了门却忍不住骂了一句粗话。 女会计在里面尖声抗议，你骂谁？ 有本事骂经理去，是他让我们扣的。 杨泊说，没骂你，我骂我自己没出息，扣了几个臭钱心里就不高兴。

杨泊在办公室门口被一个陌生的女人拦住，你叫杨泊吧？ 女人说着递来一张香喷喷的粉红色名片，我是晚报社会新闻版的记者，特意来采访你。

为什么采访我？ 杨泊很诧异地望着女记者，他说，我又不是先进人物，我也没做过什么好人好事，你大概搞错了。

听说你在离婚。 女记者反客为主，拉杨泊在旁边的沙发上坐下，她掏出笔和本子，朝杨泊妩媚地笑了笑，我在写一篇专题采访，《离婚面面观》，你是第九十九个采访对象了。

莫名其妙。 杨泊下意识地绷紧了身子，他朝各个办公室的门洞张望了一番。 这是我的个人私事，不是社会新闻，杨泊说，我没什么可说的，我也不想说。

你不觉得社会新闻是从个人私事中衍生的吗？ 女记者用一种睿智而自信的目光注视着杨泊，谈谈你的想法好吗，不会占用你太多时间。

我心情不好，我刚刚被扣了年终奖，杨泊踢了踢脚边的一只废纸篓，他说，"因离婚被扣奖金，当事人无话可说"，我看这倒是一篇社会新闻的题目。

谈谈好吗？ 谈谈离婚的原因，是第三者插足还是夫妻感情不和？ 假如是性生活方面不协调，也可以谈，没有关系的。 女记者豪爽地笑着鼓励杨泊，请你畅所欲言好吗?

没有什么原因，唯一的原因就是我想离婚。

太笼统了，能不能具体一点？

我烦她，我厌恶她，我鄙视她，我害怕她，我还恨她，杨泊的声音突然不加控制地升得很高，他跺了跺脚说，这么说你懂了吧。 所以我要离婚。 离婚。

很好。 女记者飞快地写下一些字，然后她抬起头赞赏地说，你的回答虽然简单，但是与众不同。

　　杨泊已经站了起来。 杨泊一脚踢翻了走廊上的废纸篓，又追上去再踢一脚。 狗屁。 杨泊突然转过身对女记者喊叫，什么离婚面面观，什么离婚指南，全是自作聪明的狗屁文章，你们根本不懂什么是离婚，离婚就是死，离婚就是生，你们懂吗？

　　这次一厢情愿的采访激起了杨泊悲愤的情绪，杨泊沉浸其中，在起草公司年度总结的文章中，也自作主张地抨击了公司职员们的种种品格缺陷。 他认为职员们甘于平庸的死气沉沉的生活，却喜欢窥探别人的隐私，甚至扰乱别人的生活秩序。 杨泊伏在办公桌上奋笔疾书，抨击的对象扩展到公司以外的整个国民心态，他发现这份总结已经离题千里，但他抑制不住喷泉般的思想，他想一吐为快，最后他巧妙地运用了一个比方，使文章的结尾言归正传。 杨泊的总结结尾写道：一个企事业单位就像一个家庭，假如它已濒临崩溃的边缘，最好是早日解体以待重新组建，死亡过后就是新生！

　　杨泊把总结报告交到经理手中，心中有一种满足而轻松的感觉。 这样的心情，一直保持到下午五点钟。 五点钟杨泊走出公司的大楼，传达室的收发交给他一张明信片。 明信片没有落款，一看笔迹无疑是俞琼的，今天是元月五号，算一算离立春还有多少天？ 杨泊读了两遍，突然想到上次俞琼给他规定的离婚期限，他的脸色立刻阴沉下来。 收发员观察着杨泊的反应，指着明信片说，那句话是什么意思？ 杨泊好像猛地被惊醒，他对收发员怒目而视，什么什么意思？　你偷看我的私人信件，我可以上法院告你渎职。　杨泊说着将明信片撕成两半，再撕成四份，一把扔到收发员的脸上，什么意思你慢慢琢磨去吧。　杨泊愠怒地走出公司的大铁门，走了几步又折身回到传达室的窗前，他看了看处于尴尬中的收发员，声音有点发颤，对不起，杨泊说，我最近脾气很坏，我不知这是怎么了，总是想骂人，总是很激动。　收发员接受了杨泊真诚的道歉。　收发员一边整理着桌上的信件一边说，没什么，我知道你心情不好，我知道离婚是件麻烦事。

连续五天，杨泊都收到了俞琼寄来的明信片。　内容都是一样的，只是日期在一天天地变更。　到了第六天杨泊终于忍不住跑到了俞琼的集体宿舍里。　恰巧只有俞琼一个人，但她顶着门不让杨泊进去。

我现在不想见你。　俞琼从门缝里伸出一只手，推着杨泊的身体，我说过我们要到春天再见。　那些明信片你收到了吗？

你寄来的不是明信片，简直是地狱的请柬。

那是我的艺术。　我喜欢别出心裁。　你是不是害怕啦？

请你别再寄了。　杨泊拼命想从门缝里挤进去，他的肩膀现在正好紧紧地卡在门缝中，杨泊说，别再寄了，你有时候跟朱芸一样令我恐惧。

我要寄。　我要一直寄到春天，寄到你离婚为止。　俞琼死死地顶着门，而且熟练地踩住杨泊的一只脚，阻止他的闯入。 俞琼脸上的表情既像是撒娇更像是一种示威。

让我进去，我们需要好好谈一谈。 杨泊已经累得气喘吁吁，他想去抓俞琼的手，结果被俞琼用扫帚打了一记。 杨泊只好缩回手继续撑住门，你不觉得你太残忍吗？ 杨泊说，你选择了错误的方式，过于性急只能导致失败，她昨天差点自杀，她也许真的想用死亡来报复，那不是我的目的，所以请你别再催我，请你给我一点时间吧。

我给了你一年时间，难道还不够？

可是你知道目前的情况，假如她真的死了，你我都会良心不安的。 我们谁也不想担当凶手的罪名。 一年时间不够，为什么不能是两年三年呢？

我没这份耐心。 俞琼突然尖声喊叫起来，然后她顺势撞上了摇晃的门，将杨泊关在门外。 杨泊听见她在里面摔碎了什么东西。 恶心，她的喊叫声仍然清晰地传到杨泊的耳中，我讨厌你的伪君子腔调，我讨厌你的虚伪的良心，你现在害怕了，你现在不想离婚了？ 不想离婚你就滚吧，滚回去，永远别来找我。

你在说些什么？ 你完全误解了我说的话。 杨泊颓丧万分地坐到地上，一只手仍然固执地敲着身后的门，康德、尼采、马克思，你们帮帮我，帮我把话讲清楚吧。

恶心。 俞琼又在宿舍里喊叫起来，你现在让我恶心透了。 我怎么会爱上了你？ 我真是瞎了眼啦！

冬天以来杨泊的性生活一直很不正常。 有一天夜里他突然感到一阵难耐的冲动，杨泊在黑暗中辗转反侧，心里充满了对自己肉体的蔑视和怨恚。 借越窗而入的一缕月光能看见铁床另一侧的朱芸，朱芸头发蓬乱，胳膊紧紧地搂着中间的孩子，即使在睡梦中她也保持了阴郁的神经质的表情。 杨泊深深地叹着气，听闹钟嘀嗒嘀嗒送走午夜时光。 杨泊的思想斗争了很久，最后还是决定像青春期常干的那样，来一次必要的自渎。

杨泊没有发现朱芸已经悄悄地坐了起来，朱芸大概已经在旁边观看了好久，她突然掀掉了杨泊的被子，把杨泊吓了一跳。

你在干什么？

没干什么。 杨泊抢回被子盖住，他说，你睡你的觉，这不关你的事。

没想到你这么下流，你不觉得害臊吗？

我不害臊，因为这符合我的道德标准。 杨泊的手仍然在被子下面摸索着，我还没完，你要是想看就看吧，我一点也不害臊。

朱芸在黑暗中发愣，过了一会儿她突然捂住脸失声痛哭起来。 朱芸一边哭一边重重地倒在床上，杨泊听见她在用最恶毒的话诅咒自己，睡在两人之间的孩子被惊醒了，孩子也扯着嗓子大哭起来。 杨泊的情欲一下子消失得无影无踪，剩下的事就是制止母子俩的哭声了。 杨泊首先安慰朱芸，别哭了，我不是存心气你，这是一种生理上的需要，杨泊说，我真的不是存心气你，请你别误会。

下流，朱芸啜泣着说。

我不会碰你，假如我碰了你，那才是下流，你明白吗？

下流。 朱芸啜泣着说。

你非要说我下流我也没办法。 杨泊无可奈何地摇了摇头。 我现在想睡了。 杨泊最后说，我没错，至多是妨碍了你的睡眠。 也许我该睡到别处去了，我该想想办法，实在找不到住处，火车站的候车室也可以对付。

你休想。 朱芸突然叫喊起来，你想就这样逃走？ 你想把孩子撂给我一个人？ 你要走也可以，把你儿子一起带走。

杨泊不再说话。 杨泊摊开双掌蒙住眼睛，在朱芸的絮叨声中力求进入睡眠状态。 除此之外，他还听见窗外悬挂的那块腌肉在风中撞击玻璃的声音，远处隐隐传来夜行火车的汽笛声。 每个深夜都如此漫长难挨，现在杨泊对外界的恐惧也包括黑夜来临，黑夜来临你必须睡觉，可是杨泊几乎每夜都会失眠。 失眠以后他的眼球就会疼痛难忍。

临近春节的时候，南方的江淮流域降下一场大雪。 城市的街道和房屋覆盖了一层白茸茸的雪被。 老式工房里的孩子们早晨都跑到街上去堆雪人，窗外是一片快乐而稚气的喧闹声。 杨泊抱着孩子看了一会儿外面的雪景，忽然想起不久前的北京之行，想起那个雪夜在天安门广场制定的四条离婚规划，如今竟然无一落实。 杨泊禁不住嗟叹起来，他深刻地领悟了那条常被人们挂在嘴边的哲学定律：事物的客观存在是不以人的意志为转移的。

杨泊把儿子送进了幼儿园。 他推着自行车走到秋千架旁边时吃了一惊，他看见俞琼坐在秋千架上，她围着一条红羊毛围巾，戴了口罩，只露出那双深陷的乌黑的眼睛，直直地盯住杨泊看。 她的头上肩上落了一层薄薄的雪花。

你怎么跑到这儿来了？ 杨泊迎了上去，他小心翼翼地打量着俞琼，你跑到这儿来等我？ 发生什么事了？

我让你看看这个。 俞琼突然拉掉了脸上的口罩。 俞琼的脸上布满了纵横交错的抓痕，它们是暗红色的，还有两道伤切口很深，像是被什么利器划破的。 你好好看看我的脸，俞琼的嘴唇哆嗦着，她美丽的容貌现在显得不伦不类，俞琼的声音听上去沙哑而凄凉，她说，你还装糊涂？ 你还问我发生什么事了？

是她干的？ 杨泊抓住秋千绳，痛苦地低下了头，她怎么会找到你的？ 她从来没见过你。

正要问你呢。 俞琼厉声说着从秋千架上跳下来。 她一边掸着衣服上的雪片，一边审视着杨泊，是你搞的鬼，杨泊，是你唆使她来的，你想以此表明你的悔改之意。 杨泊，我没猜错吧。

你疯了。 我对这件事一无所知，我没想到她会把仇恨转移到你身上。 她也疯了，我们大家都丧失了理智。

我不想再听你的废话。 我来是为了交给你这个发夹。 俞琼从口袋里掏出一只黑色的镶有银箔的发夹，她抓住杨泊的手，将发夹塞在他手里，拿住它，你就用这个证明你的清白。

什么意思？ 杨泊看了看手里的发夹，他说，这是什么意思？ 为什么要给我发夹？

她就用它在我脸上乱划的，我数过了，一共有九道伤。俞琼的目光冰冷而专制地逼视着杨泊。 过了一会儿她说，我现在要你去划她的脸，就用这只发夹，就要九道伤，少一道也不行。 我晚上会去你家做客，我会去检查她的脸，看看你是不是真的清白。

你真的疯了。 你们真的都疯了。 我还没疯你们却先疯了。 杨泊跺着脚突然大吼起来。 他看见幼儿园的窗玻璃后面重叠了好多孩子的脸，其中包括他的儿子，他们好奇地朝这边张望着。 有个保育员站在滑梯边对他喊，你们怎么跑到幼儿园来吵架？ 你们快回家吵去吧。 杨泊意识到自己的失态，他骑上车像逃一样冲出了幼儿园的栅栏门，他听见俞琼跟在他身后边跑边叫，别忘了我说的话，我说到做到，晚上我要去你家。

杨泊记不清枯坐办公室的这天是怎么过去的。 他记得同事们在他周围谈论今冬的这场大雪，谈论天气、农情和中央高层的内幕，而他的手插在大衣口袋里，紧紧地握住那只黑色的镶有银箔的发夹，他下意识试了试发夹两端的锋刃，无疑这是一种极其女性化的凶器。 杨泊根本不想使用它。 杨泊觉得俞琼颐指气使的态度是愚蠢而可笑的，她没有权利命令他干他不想干的事情。 但是他不知道该怎样处理晚上将会出现的可怕场面。 想到俞琼那张伤痕累累的脸，想到她在秋千架下的邪恶而凶残的目光，杨泊有点心灰意懒，他痛感以前对俞琼的了解是片面的，也许他们的恋情本质上是一场误会。

　　这天杨泊是最后离开公司的人。 雪后的城市到处泛着一层炫目的白光，天色在晚暮中似明似暗，街上的积雪经过人们一天的踩踏化为一片污水。 有人在工人文化宫的门楼下跑来跑去，抢拍最后的雪景。 笑一笑，笑得甜一点。 一个手持相机的男孩对他的女友喊。 杨泊刹住自行车，停下来朝他们看了一会儿，傻×，有什么可笑的？ 杨泊突然粗鲁地嘀咕了一句。 杨泊为自己感到吃惊，他有什么理由辱骂两个无辜的路人？ 我也疯了，我被她们气疯了。 杨泊这样为自己开脱着，重新骑上车。 回家的路途不算太远，但杨泊骑了很长时间，最后他用双腿撑着自行车，停在家门前的人行道上。他看见那幢七十年代建造的老式工房被雪水洗涤一新，墙上显出了依稀的红漆标语。 他看见三层左侧的窗口已经亮出了灯光，朱芸的身影在窗帘后面迟缓地晃动着，杨泊的心急速地往下沉了沉。

　　你在望什么？ 一个邻居走过杨泊身边，疑惑地说，你怎么在这儿傻站着？ 怎么不回家？

不着急。 天还没黑透呢。 杨泊看了看手表说。

朱芸做了好多菜，等你回家吃饭呢。

我一点不饿。 杨泊突然想起什么，喊住了匆匆走过的邻居，麻烦你给朱芸带个口信，我今天不回家，我又要到北京去出差了。

是急事？ 邻居边走边说，看来你们公司很器重你呀。

是急事。 我没有办法。 杨泊望着三层的那个窗口笑了笑，然后他骑上车飞快地经过了老式工房。 在车上他又从大衣口袋里掏出那只黑发夹看了看，然后一扬手将它扔到了路边。 去你妈的，杨泊对着路边的雪地说，我要杀人也绝对不用这种东西。

杨泊不知道该去哪儿消磨剩余的时间，自行车的行驶方向因此不停地变化着，引来路人的多次抗议和骂声。 后来杨泊下了车，他看见一家公共浴室仍然在营业，杨泊想在如此凄冷的境遇下洗个热水澡不失为好办法。 他在柜台上买了一张淋浴票走进浴室。 浴室的一天好像已接近尾声，人们都在手忙脚乱地穿衣服。 服务员接过杨泊的淋浴票，满脸不高兴的样子，怎么还来洗澡，马上都打烊停水啦。 杨泊扮着笑脸解释说，我忙了一天，现在才有空。 服务员说，那你快点洗，过了七点半钟我就关热水了。

淋浴间里空空荡荡的，这使杨泊感到放心。 杨泊看见成群的一丝不挂的肉体会感到别扭，也害怕自己的私处暴露在众目睽睽之下。 这样最好，谁也别看谁，杨泊自言自语着逐个打开了八个淋浴龙头，八条温热的水流倾泻而出，杨泊从一个龙头跑到另一个龙头，尽情享受这种冬夜罕见的温暖。杨泊对自己的快乐感到茫然不解。 你怎么啦？ 你现在真的像个傻×。 杨泊扬起手掌捆了自己一记耳光。 在蒸汽和飞溅的水花中他看见朱芸和俞琼的脸交替闪现，两个女人的眼睛充满了相似的愤怒。 别再来缠我，你们也都是傻×。 杨泊挥动浴巾朝虚空中抽打了一下，让我快乐一点。 为什么不让我快乐一点？ 杨泊后来高声哼唱起来，这是庄严动听的《结婚进行曲》的旋律。 杨泊不仅哼唱，而且用流畅的口哨声自己伴奏起来。 很快他被一种莫名的情绪感动得热泪盈眶，他哭了，所幸没有人会发现他的眼泪。

不准唱，你再唱我就关热水啦，浴室的服务员在外面警告杨泊说，我们要打烊，你却在里面磨磨蹭蹭鬼喊鬼叫。

我不唱了，可是你别关热水。 让我再洗一会儿吧，你不知道外面有多冷。 杨泊的声音在哗哗的水声中听上去很衰弱，烦躁的浴室服务员对此充耳不闻，他果断地关掉了热水龙头，几乎是在同时，他听见浴室里响起杨泊一声凄厉的惨叫。

杨泊离开浴室时街道上已经非常冷清，对于一个寒冷的雪夜来说这是正常的，但杨泊对此有点耿耿于怀，那么多的人，在他需要的时候都消失不见了。 杨泊一个人在街上独行，他的自行车在浴室门口被人放了气，现在它成为一个讨厌的累赘。 杨泊走到一个十字路口，分析了他所在的地理位置和下面该采取的措施，他想他只有去附近的大头家了。

敲了很长时间的门，里面才有了一点动静。 有个穿睡衣的女人出来，隔着防盗门狐疑地审视着杨泊。 杨泊发现女人的乳房有一半露在睡衣外面。

我找大头，我是他的朋友。 杨泊说。

这么晚找他干什么？

我想在这儿过夜。

过夜？ 女人细细的眉毛扬了起来，她的嘴角浮出一丝调侃的微笑，你来过夜？ 大头从来不搞同性恋。

杨泊看见那扇乳白色的门砰地撞上，他还听见那个女人咯咯的笑声，然后过道里的灯光就自然地熄掉了。 他妈的，又是一个疯女人。 杨泊在黑暗中骂了一声，他想他来找大头果然是自讨没趣。 杨泊沮丧地回到大街上，摸摸大衣口袋，钱少得可怜，工作证也不在，找旅社过夜显然是不可能的。也许只有回家去。 杨泊站在雪地里长时间地思考，最后毅然否定了这个方案。 我不回家，我已经到北京去出差了。 我不想看见朱芸和俞琼之中的任何一个人。 杨泊想，今天我已经丧失了回家的权利，这一切真是莫名其妙。

午夜时分杨泊经过了城市西区的建筑工地，他看见许多大口径的水泥圆管杂乱地堆列在脚手架下。 杨泊突然灵机一动，他想与其在冷夜中盲目游逛，不如钻到水泥圆管中睡上一觉。 杨泊扔下自行车自个儿钻了进去，在狭小而局促的水泥圆管中，他设计了一个最科学的睡姿，然后他弓着膝盖躺了下来。 风从断口处灌进水泥圆管，杨泊的脸上有一种尖锐的刺痛感，外面的世界寂然无声，昨夜的大雪在凝成冰碴儿或者是悄悄融化，杨泊以为这又是寒冷而难眠的一夜，奇怪的是他后来竟睡着了。 他依稀听见呼啸的风声，依稀看见一只黑色的镶有银箔的发夹，它被某双白嫩纤细的手操纵着，忽深忽浅地切割他的脸部和他的每一寸皮肤。 切割一直持续到他被人惊醒为止。

两个夜巡警察各自拉住杨泊的一只脚，极其粗暴地把他拉出水泥圆管。 怪不得工地上老是少东西，总算逮到你了。年轻的警察用手电筒照着杨泊的脸。 杨泊捂住了眼睛，他的嘴唇已经冻得发紫，它们茫然张大着，吐出一声痛苦的呻吟，别来缠我，杨泊说，让我睡个好觉。

你哪儿的？ 来工地偷了几次了？ 年轻的警察仍然用手电照着杨泊的脸。

我疼。 别用手电照我，我的眼睛受不了强光。

你哪儿疼？ 你他妈的少给我装蒜。

我脸上疼，手脚都很疼，我的胸口也很疼。

谁打你了？

没有谁打我。 是一只发夹。 杨泊的神情很恍惚，他扶着警察的腿从泥地上慢慢站起来，他说，是一只发夹，它一直在划我的脸。 我真的很疼，请你别用手电照我的脸。

是个疯子？ 年轻警察收起了手电筒，看着另一个警察说，他好像不是小偷，说话颠三倒四的。

把他送到收容所去吧。 另一个警察说，他好像真有病。

不用了。 我只是偶尔没地方睡觉。 杨泊捂着脸朝他的自行车走过去，脚步依然摇摇晃晃的，他回过头对两个警察说，我不是疯子，我叫杨泊，我正在离婚。 可是我已经没有力气去离婚了。

杨泊最后自然是没有离婚，春季匆匆来临，冬天的事情就成为过眼云烟。

有一天杨泊抱着儿子去书店选购新出版的哲学书籍，隔着玻璃橱窗看见了俞琼，俞琼早早地穿上一套苏格兰呢裙，和一位年轻男人手挽手地走过。 杨泊朝他们注视良久，心里充满老人式的苍凉之感。

书店的新书总是层出不穷的，杨泊竟然在新书柜上发现了老靳的著作《离婚指南》，黑色的书名异常醒目。 有几个男人围在柜台前浏览那本书。 杨泊也向营业员要了一本，他把儿子放到地上，打开书快速地看了起来，杨泊脸上惊喜的笑容渐渐凝固，渐渐转变为咬牙切齿的愤怒，最后他把书重重地摔在柜台上。 杨泊对周围的人说，千万别买这本书，千万别上当，没有人能指导离婚，他说的全是狗屁。

你怎么知道他说的全是狗屁？

我当然知道。 请相信我，这本书真的是狗屁。

狗屁，杨泊的儿子快乐地重复杨泊的话。 杨泊的儿子穿着天蓝色的水兵服，怀里抱着一支粉红色的塑料手枪。

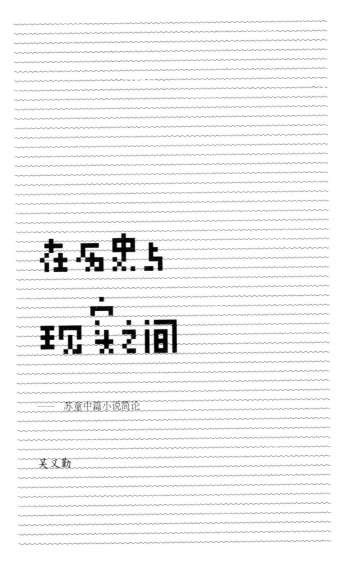

在历史与现实之间

现实之间

—— 苏童中篇小说简论

吴义勤

在苏童的文学创作中，对于历史的兴趣是显而易见的，尤其在早期创作中，借历史之壳进行文学叙事的作品非常多，这几乎形成了人们对于苏童小说的一种印象定式。苏童成熟且具有创新性的历史小说叙事成为新时期以来"新历史小说"思潮发生发展的重要组成部分。

在 1980 年代步入文坛初期，苏童的创作以中短篇小说为主，比如《一九三四年的逃亡》《飞越我的枫杨树故乡》《罂粟之家》《妻妾成群》等等，这些作品体现出一种新的审美取向和叙事特征。

新历史叙事。苏童的中短篇作品多数都与历史有着紧密的关系，它们将时间设定在过去，而非现在，并不直面纷繁的现实生活，不直接对现实生活发声和介入。它们镶嵌在历史之中，以向后的撤退拉开与生活的距离，同时也拉开了建构审美和意义价值的空间。这些小说的时间定位有的是在"1934 年"，有的是在新中国成立以前的民国时期，有的是在新中国成立之初的社会主义改造时期，不管时间距离远近，它们都是在历史之中的，历史像一个容器，隔开了喧嚣的现实，容纳了整个故事。 但苏童笔下的历史又不同于"十七年"时期的历史，它并不是一种主角性的存在，它更像是一个支点，一个舞台，舞台上正在表演的一切才是叙事的重心。 在这个舞台之上，作者的想象在轻舞飞扬，人物在灵动游走。 但苏童小说叙事的目的并不为了展现历史的宏大气象与细节过程，不是为了再现某种真实的历史，在他笔下，历史被处理成了一种道具或借以表达真实的辅助。 这种特殊的处理方式无疑是苏童小说的一种叙事策略，形成了一种新的历史叙事的美学。

人物的中心性和经典性。 苏童笔下的历史叙事的对象主体并非历史，而是历史中的人，是靠想象和虚构塑造出来的大历史之下的小人物。 苏童的小说有着充盈的想象力，他笔下的"枫杨树""香椿树街"一度被认为是一种真实的存在，引得读者去考证探访，这正从一个侧面说明了苏童小说的成功。 在一定意义上，真实是小说成功与否的一种判断准则。当然，这里的"真实"是逻辑的真实和文学的真实，而非现实的真实。 这种真实的基础之一是人物形象的丰满和真实。苏童小说塑造了一系列令人印象深刻的人物。 比如《红粉》中的系列人物，秋仪、小萼、老浦，他们都是新时代中的旧人物，旧人物如何在新环境中被改造（或拒绝改造）成为小说的一个内在张力，也成为表现人性复杂的重要考场。 再比如《妻妾成群》中的颂莲，《罂粟之家》中的沉草、刘老侠等等。这些人都极具个人特征，成为当代文学人物画廊的重要一员。人物的经典性也构成了作品经典性的重要基础。

在历史叙事之外，苏童对于现实生活同样葆有兴趣并保持密切关注，尤其是在对生活之中两性关系和情感的探察和表现上有许多代表性作品，比如《妇女生活》《另一种妇女生活》《离婚指南》等，女性成为苏童小说中极为重要也极为光彩照人的元素。《离婚指南》细腻地表现了婚姻生活中两性的情感状态，在杨泊与朱芸看似稳定和谐的生活之中，隐藏着爱与性、理想与现实、自由与禁锢的内在矛盾，离婚成为杨泊的坚定诉求看起来并没有十分合理的理由，但又是他内心十分坚定的声音。这是一种生活的悖论，一方面渴求稳定，一方面却又希冀自由。小说结尾杨泊露宿街头的场景颇具象征意味，它象征着一种漂泊和漂浮，是情感无处安放的形象隐喻。小说《园艺》也有对两性情感的精彩描写，引发孔太太和孔先生之间关系破裂的导火索竟然是一株植物，种老藤还是茑萝的问题竟然引发了一个人的失踪，看起来不起眼的摩擦背后其实是旷日持久的情感紧张关系；不断催促儿女四处寻找又显现出孔太太内心的矛盾心情，她既依赖于婚姻，又厌倦于婚姻。这同《离婚指南》一样揭示出两性关系之中悖论性的一面。苏童细腻地捕捉到了两性情感之中的这些微妙皱褶，并将其表现出来，体现了他的文学敏锐性，也构成了其现实书写和表达的重要部分。

总之，不管是历史叙事还是日常叙事，苏童的小说都展现出独特的一面，他观察的细致、思考的敏锐、语言的灵动，都让小说具有一种特殊的美感。 苏童的这些中短篇小说形成了鲜明的个人风格，体现了他对于小说艺术的不懈探索，这些作品对于新时期以来当代文学的写作有着深远的影响。

图书在版编目（CIP）数据

一九三四年的逃亡/苏童著；吴义勤主编. --郑州：河南文艺
出版社，2020.5
（百年中篇小说名家经典 / 何向阳总主编）
ISBN 978-7-5559-0960-6

I.①一… Ⅱ.①苏…②吴… Ⅲ.①中篇小说-中国-当代 Ⅳ.
①I247.5

中国版本图书馆 CIP 数据核字（2020）第 032789 号

丛书策划 陈 杰 杨彦玲
本书策划 李亚楠 责任校对 赵红宙
责任编辑 李亚楠 责任印制 陈少强
丛书统筹 李亚楠 书籍设计 书籍/设计/工坊
刘运来工作室

一九三四年的逃亡
YIJIUSANSI NIAN DE TAOWANG

出版发行 河南文艺出版社
本社地址 郑州市郑东新区祥盛街 27 号 C 座 5 楼
邮政编码 450018
承印单位 郑州印之星印务有限公司
经销单位 新华书店
开 本 787 毫米×1092 毫米 1/32
印 张 6.5
字 数 117 000
版 次 2020 年 5 月第 1 版
印 次 2020 年 5 月第 1 次印刷
定 价 25.00 元